ベリーズ文庫

イジワル副社長と秘密のロマンス

真崎奈南

STARTS
スターツ出版株式会社

目次

第一章

再会

「気のせいかな？　……私、お見合いしてるような気分なんだけど」

目を細め、硬い口調で問いかけると、目の前に立つ友人が、私に向かって手を合わせてきた。

「千花《ちか》ごめん！　私は反対したんだけど孝介《こうすけ》がさぁ……袴田《はかまだ》さんの熱意にほだされちゃったみたいで」

続けて、「本当にごめんねっ！」と深く頭を下げられてしまった。

私は口から出かかっていた文句を無理やり飲み込み、前髪をくしゃりとかき上げながら長いため息をついた。

九月。夏の疲れと残暑は残れど、季節はゆっくり秋へと移ろい始めている。

そんな中迎えた連休。私は学生時代からの友人ふたりにディナーに誘われ、東京《とうきょう》から電車で一時間半の場所にある生まれ育った山沿いの町へ久しぶりに帰ってきた。

私を誘ってくれた友人のひとりは、今目の前にいる彼女、横川椿《よこかわつばき》。

そして彼女と向き合っているこの場所は、地元だけでなく全国にも名の通った高級ホテル内にある、内装も豪奢で掃除の行き届いた女性用トイレ。きらびやかな鏡台とソファが置かれた化粧スペースに、私の不機嫌な声と椿の苦笑交じりの謝罪が交互に続いている。

「私ね、ふたりと久しぶりに会うから、話したいことがいっぱいあったの！　すっごく楽しみにしてたの！　あぁもう、はっきり言うけどさ、私が聞きたいのは椿と孝介先輩の話で、袴田さんのじゃないんだけど！」

「ほんとごめんんね。あとで孝介には千花の分までたっぷり文句言っておくからね」

彼女は両手を合わせたまま、神妙な面持ちで私の様子をうかがっていたけれど、やや間を置いてから、その口元に笑みを浮かべ、ぷっと吹き出した。

「椿！　この状況、楽しんでるでしょ！」

「ごめんごめん。四人でのディナーに嫌な予感はしていたけど、こんな展開になるとは思っていなかったし……。それに、袴田さんの千花に対する本気度がすごすぎて笑えてくる」

本音を口にし、椿は我慢するのをやめたらしい。白け顔の私にはお構いなしに、少し大きくなったお腹に手を添え、肩を揺らして笑い出した。ショートボブの毛先も楽しげに揺れている。

椿との出会いは高校二年生の時だから、十年ほどの付き合いになる。あの頃から私たちの関係は変わらない。就職を機に互いの生活の拠点は離れてしまったけれど、いまだに頻繁に連絡を取り合っては愚痴を言い合っている。唯一無二の親友なのである。

丸顔でちょっぴり童顔な、昔と変わらないかわいらしい椿の笑顔を見ていたら、尖《とが》っていた感情が徐々に剥がれ落ちていった。

私はひとつため息を挟んでから、口を開いた。

「私、今の仕事が好きなの。だからまだ仕事続けたい。結婚のこともまだまだ考えたくないのに、結婚前提の袴田さん相手に恋愛なんて無理だよ。それに私は……」

その先を言いかけて、やめた。椿が憐《あわ》れんだ目で私を見ていたから。

仕組まれたと感じてしまう状況に腹立たしくはあったけれど、私は諦めと共に苦笑いをした。

「とっ、とにかく！　孝介先輩にごめんねって伝えてくれる？　仕事上で繋がりがあるから断り切れなくてこんな場を設けたのかもしれないけど。無理なものは無理だからって」

私を呼び出したもうひとりの友人は横川孝介先輩。同じ大学に通っていた三つ上の先輩で、優しくて物静かで真面目を絵に描いたような人。椿と孝介先輩は大学時代から付き合い始め、二年前に夫婦となり、年が明けたら赤ちゃんが生まれる。椿のお腹には小さな命が宿っているのだ。

なにげなく椿の腹部に視線を落とした時、化粧台に置いてあった彼女のバッグの中から短いメロディが聞こえてきた。携帯を取り出した彼女が、おかしそうに肩を竦《すく》める。

「なかなか戻ってこないから心配してる」

「孝介先輩？　身重だし、トイレに行くだけでも心配とか？　もしかして扉の外で待ってたりして」

茶化しながら冷やかしの視線を送ると、椿が顔をしかめ、首を振って否定した。

「違う違う。私じゃなくて千花のこと。まさか逃げ出したりしてないよねって」

「そ、それってもしかして」

「そう。袴田さんが心配してるみたい……あ、もしかしたら、扉の向こうで千花のこと待ち構えてるかもよ」

お返しとばかりに、椿が悪戯《いたずら》っ子のような瞳で私を見つめ返してきた。

ハッとし、勢いよくトイレのすりガラスのドアを見る。濁ったガラスの向こう側に人影がないことにホッとしつつも、釈然としない気分のままドアをじろりと睨みつけた。そこに袴田さんが絶対いないとは言い切れない気がしたからだ。

今日、駅前で私を迎えてくれたのは横川夫妻ともうひとり、袴田さんだった。

彼の実家が営んでいる『和菓子屋《わがしや》はかまだ』は地元では超有名な老舗店である。今は亡き祖母がはかまだのかりんとう饅頭《まんじゅう》を好きで、私も子供の頃から何度も食べていた。

袴田さんと初めて会ったのは二年前、孝介先輩と椿の結婚式の日のこと。坊ちゃん刈りで眼鏡をかけた猫背の彼が、あの〝和菓子屋はかまだ〟の息子だと知ったのだ。笑みを浮かべ、『初めまして』と話しかけたけど、彼は忙しなく目を泳がせるだけで、返事のひとつもしてくれなかった。私もそれ以上話しかけなかったため、あまり彼のことは記憶に残っていない。今日顔を合わせるまで存在も忘れていたくらいだ。

「それにしても、袴田さん必死だよね。千花に自分のことを知ってもらいたい、気に入られたいっていうのがすごく伝わってくる」

しみじみと椿がそんなことを言う。鏡の中に映る自分の口元が引きつった。

「そうかな。〝和菓子屋はかまだ〟がどれだけすごいかっていう店自慢と、俺はそこの副社長だっていう自慢と、あれはいずれ俺の店になるんだっていう自慢と……とにかく、自慢してるようにしか思えなかったけど」

数分前の光景を思い出し、うんざりしながらため息をつくと、椿が同意するように頷いた。

「老舗和菓子店の跡取り息子っていうのは袴田さんにとって最強の武器だろうし、そこでアピールしてくるのは仕方ないんじゃない？　もしかしたら実際、玉の輿だって目を輝かせて飛びついてきた女性もいたかもしれないし」

私も、椿の言葉に頷き返していた。

次期社長という身分をちらつかせ、〝俺のところに嫁に来られたら幸せだろう〟っていう考えが、言葉の端々に透けて見えたのだ。

「でもその手は千花に効かないよね。そういうタイプじゃないし。今回は袴田さんの作戦失敗ってとこかな……。まぁ、アプローチの仕方はどうかなって思うけど、袴田さんが千花にぶつけてる気持ちは本物だと思うよ」

大理石の床から勢いよく顔を上げると、椿が真剣な表情で私を見つめていた。

「……実は、千花のことずっと昔から好きだったんだって」

「えっ？」

「ずっと片想いしてたんだって」

ずっと片想い。

その言葉に共感が呼び起こされ、ちょっぴり心が沈んでいく。

「呆れるほど一途な者同士、気が合うかもしれないよ？　今日だけは……今だけでも、ひとりの男性として袴田さんと向き合ってみたら？」

「そんなこと……」

きっと無駄だと思う。仮に袴田さんと付き合ったとしても……いつか絶対、袴田さんは彼じゃないから無理だと悟る時が来る。関係は続かない。

口ごもれば、椿が眉根を寄せた。腰に両手を添え、凄《すご》みを利かせた顔を私に近づけてくる。

「厳しいこと言うけど、死ぬまでに会えるかどうかも分からない初恋の王子様をいつまで気にしてるつもり？　千花はもっと周りの男に目を向けるべきだよ。すごくもったいないことしてると思う。いい機会だし、今日ここで吹っ切るための一歩を踏み出してみてもいいんじゃない？」

グサリと鋭い言葉が胸に突き刺さってきた。曖昧に笑い返し、言い返すこともできずにいると、椿は化粧台の上に置いてあったバッグを手に取り、「トイレ寄ってから行くね」と個室へと歩き出した。同時に女性が四人ほど列を作って化粧室内に入ってくる。

「椿、私、先に戻ってるね」

慌ててその背中に声をかけると、椿がゆるりと振り向き笑いかけてきた。

「分かった……じゃあ、またあとでね！」

そして、ほんの一瞬だけ寂しそうな顔をする。個室に入っていく彼女を見送ってから、私は少しだけ肩の力を抜き、その場をあとにした。


連休真っ只中だからか、それとも夕食時だからか、レストランのあるここ中二階のフロアはそれなりに混雑している。

廊下奥にある目的地に向かって歩きながら遠くを見ると、きらきらと眩《まば》ゆい輝きを放つ豪華なシャンデリアが視界に入ってきた。私はわずかに目を細める。

初恋で、初カレでもあった彼とさよならをしてから十年以上経ってしまった。

椿の言うことは間違っていない。いつまでも彼に囚《とら》われていないで、一歩前に踏み出すべきだと、私も分かっている。

……頭では分かっているけど、心が彼との思い出から離れることを、彼への思いを途絶えさせることを拒絶する。

自分でも呆れちゃう。ほんと、どうしようもない。

視線をシャンデリアから絨毯《じゅうたん》の敷き詰められた廊下へ落とすと、ちょうど、一階へと続く階段から女性が姿を現した。

長いストレートの黒髪、小さな顔に大きなサングラス。襟元が大きくあいた赤のニットに、細身のデニムを身につけ、すらりと引き締まった体つき。モデル顔負けのスタイルである。

彼女は通路奥を覗き込むような仕草をしたあと、そちらに向かって進み出す。どうやら目的地は一緒らしい。羨ましいくらい細い後ろ姿を眺めながら廊下を進んでいくと、彼女がレストランの入口前で立ち止まり、くるりと振り返った。

「樹《いつき》！　遅い！」

発せられた男性の名前に、ついつい鼓動が反応してしまう。

樹。私が焦がれ続けている彼と同じ名前だ。

反応してしまった自分に苦笑していると、後ろから私の横に並んだ男性の気だるげな声が聞こえてきた。

「……ほんと、めんどくさい」

追い抜かれざまに、男性へと視線を上昇させ、私は目をみはった。

オレンジ色の照明の光を弾く漆黒《しっこく》の髪。切れ長の瞳は不満げに眇《すが》められているのに、それさえも魅力へと変えてしまうような整った顔立ち。オーダーメイドだろうグレーのスーツが、彼の存在感を増幅させている。

足を止め息をのんだ私の気配に気付いたらしく、男性の瞳がなにげない様子でこちらへと向けられる。

目が合い、すぐに彼も足を止めた。私に驚きの眼差しを返してくる。

頭の中が真っ白だった。なにも考えられないのに……胸のざわめきは、勝手に大きくなっていく。

樹君?

心を震わせながら、彼の名前を思い浮かべた。

樹君だ。

十年も会ってないし人違いかもしれないと考えたのは、最初の一瞬だけ。樹君本人で間違いないと、思いは確信へ変わっていく。

やっと会えた。本当に会えた。嬉しい。嬉しすぎて胸が苦しい。

「樹?」

呼びかけられた声にハッとする。先ほどのスタイルのいい女性がサングラスをわずかに下へずらし、こちらを見つめていた。

彼女の不躾《ぶしつけ》な視線が私を現実に引き戻す。思い至った事実に、一気に心が冷えていく。

「誰？　知り合い？」

綺麗な女性。樹君の隣に並んでも引けをとらないくらい華やかな女性。

彼女なのだろうか……だとしたら、文句のつけようがないほど、お似合いだ。

私は視線を落とし、惨めさをこらえながら歩き出した。

けれど、斜め前に立っている彼の横を通り過ぎた瞬間、そっと腕を掴みとられた。

「待って」

優しい力加減に鼓動が跳ねた。触れられた場所が熱くなる。

「千花」

迷いなど感じられないほど力強く、彼が私の名を呼んだ。

爆発しそうなほどの脈動を感じながら、彼の方へぎこちなく体を向ける。

大きくて黒目がちな瞳に捕らえられ、わずかに唇が震えた。

言葉を発しようとした私を制するように、彼の瞳が生意気そうな輝きを放った。

「俺のこと、覚えてる？」

一時だって忘れることなどできなかった。

とっさに心に浮かんだ言葉は、喉元で一時停止する。彼女の目の前でそんな告白めいた台詞《せりふ》を言えるわけがない。それ以前に、十年もの間ずっと気にし続けていたなんて、悔しくて、恥ずかしくて、言いたくない。

頭一個分高い位置から、樹君がクールな眼差しで見下ろしてくる。

睨まれているのだろうかと思ったけれど、すぐに違うと考え直した。表情や態度が少々冷たく見えるけれど、そこに相手を委縮させようとか、優位に立とうとか、攻撃の意志などない。彼はただ私の答えを待っているだけなのである。

樹君は昔からそうだったと思い出せば、私の中に残っていた彼との思い出が鮮やかさを取り戻し始めていく。

「北《き》ヶ原《た》の丘の上にある大きな家で一緒に遊んだ樹君……だよね？」

懐かしさで涙が出そうになるのをなんとかこらえながら、私なりの平常を装って言葉を返すと、すぐそばにある口元がにやりと笑った。

「ご名答」

彼の美麗な笑みを目の当たりにし、私は慌てて目を逸らした。頬が熱くなっていく。

意地悪そうに笑っているのに、どうしてこうも様になるのか。彼の魔力は、十年経っても健在だ。胸を熱くさせられてしまう。

「久しぶり」

「……うん」

再会したら、たくさん文句を言いたかったのに、なにも言葉が出てこない。柄にもなく、もじもじしてしまっている自分が恥ずかしい。

「俺のこと、よく覚えてたね」

「そっちこそ！　私のことなんか、とっくの昔に忘れてると思ってたよ！」

そんな諦めの裏側で、私のことを忘れないでいてほしいと、淡い希望を持ち続けていた。再会できたことが嬉しくて、覚えていてくれたことも嬉しくて、気持ちが舞い上がっていく。

「でも……樹君が私のことを覚えていてくれて、嬉しい」

感情を抑えきれなくて、思いが口をついて出てしまった。途端に顔が熱くなる。のぼせそう。

樹君は瞳をさらに大きくさせたあと、掴んでいた私の腕をそっと離した。

「なに言ってんの？」

上昇してきた彼の手が、私の頬に触れる。ひんやりした指先が、その場の時間を止めた。

驚きで固まったまま彼を見つめ返すと、綺麗な瞳がわずかに細められた。そのまま私に近づいてくる。

「俺が千花を忘れるわけないじゃん」

樹君が私の耳元でそう言った。

低く甘やかな声に肌を撫でられ、身体が微《かす》かに痺れた。

彼の唇が弧を描く。綺麗な色をしたその唇は、私のどこにも触れていないのに、深い口づけをされたような……そんな気持ちになった。

「ちょっと、樹っ！」

しかし、すらりとしたあの綺麗な女性が間に割って入ってきたことで、私は一気に現実へと引き戻された。私から引き離すかのように、彼女は樹君の腕にするりと細い腕を絡めた。おまけにじろりと睨みつけてくる。

彼女はサングラスを外していた。露わにされた派手な顔立ちに、私は思わず怯んでしまう。

きりっとした印象を与える眉、しっかりと施されたアイメイクに負けないくらいの、大きくて力強さを感じさせる瞳。ほどよい肉感のある唇は色気があり、白い肌はきめが細かい。胸もあるし、ウエストは細いし、足も長いし、本当にモデルみたいだ。

そこまで考えて、私はちょっぴり首を傾《かし》げた。彼女のことをなにかの雑誌ですでに見ているような、そんな既視感を覚えたのだ。

その小さな顔を見つめていると、遠くから聞こえていた男性の談笑する声が、すぐ後ろでぴたりと止まった。

「あれ？　どうかしたの？」

振り返れば、五十代だろう白髪交じりの男性と、眼鏡をかけた三十歳くらいの男性が並んで立っていた。

「樹？」

落ち着いたトーンで、若い男性が樹君に再び問いかけた。

けれど樹君は答える気がないらしい。あらぬ方向へと顔を向けてしまう。

若い男性の視線が、女性を経由したのち私で停止する。彼は指先で眼鏡を押し上げたあと、『なにかありましたか？』というように微かに笑って見せた。

困ってしまった。樹君とちょっとした知り合いでとか、この場で口にするのは気が引けてしまう。ましてや、元カレだなんて絶対に言えない。女性に噛みつかれてしまいそうだ。

我関せずな顔をしていた樹君が、ふっと笑った。

「好みだから口説いてただけ」

どう返せばいいものかとモヤモヤしていた私の心は、投下されたそのひと言で真っ白になってしまった。衝撃で、思わず口が開いてしまう。

あとから来た男性ふたりも、同じようにぽかんと口を開けていて……女性は眉間の皺をさらに深くさせていた。その傍らで樹君だけが愉快そうに笑っている。

眼鏡の男性はすぐに我に返り、確認するように私を見た。女性は「はぁっ⁉」と声を荒らげ、納得いかないような怒りの眼差しを突き刺してくる。

「……しっ、失礼しますっ！」

恥ずかしさと恐怖で限界を迎えた私は、高らかにそう叫び、その場から走り出た。

「あーぁ。逃げられちゃったじゃん。どうしてくれんの？」

逃げ行く最中、そんな樹君の声が聞こえた。

熱い頬

「遅かったですね！」

「……はぁ。すみません」

私はレストラン内に戻り、袴田さんの前の椅子に腰かけた。

「あの。孝介先輩は？」

長方形の四人掛けのテーブルに、私と椿、孝介先輩と袴田さんが向き合う形で座っていたのだけれど、孝介先輩の姿がないのだ。

私の問いかけに、袴田さんがにっこりと笑った。

「仕事の電話がかかってきて、店の外で話してくるって出ていきました。廊下で会いませんでしたか？」

私は「いえ」と首を振りながら、レストラン入口へと目を向けてしまう。

そこには孝介先輩の姿も椿の姿もなく、代わりにスタッフと話す、先ほどの女性の姿があった。彼女の後ろには樹君もいて、ふたりの男性に挟まれる格好で立っている。

昔もカッコよかったけれど、大人になった彼は男性的な魅力が増しているように思えた。ずっと彼を見ていたくなる。目を離したくなくて、胸が苦しくなる。

「――さんっ、三枝《さえぐさ》さんっ！　聞いてますか？」

「えっ……すみません。ちょっと考えごとを」

意識をテーブルに戻して正直に打ち明けると、袴田さんが不機嫌そうに顔を歪めた。でもそれを私に見せたのは、ほんの一瞬だけだった。彼の表情がすっと〝普通〟に戻っていく。怒りを心の奥底に隠し、彼は淡々とした口調で再び話し出した。

袴田さんの話はやっぱりお店のことで、創業してもうすぐ百年を迎えるという、今日すでに三回くらい聞いている話から始まった。一番売れているのはかりんとう饅頭だけど、自分が意見を出して販売している毎月限定の和菓子も、それに迫る売り上げだとか。店の経営が落ち込んだ時もあったけど、自分が仕事に関わるようになってからは売り上げが右肩上がりだとか。副社長という立場は大変だとか。

自分の仕事に誇りを持つのは素敵だと思う。思うけれど、だんだんと店ではなく彼自身の自慢を聞かされているような気持ちになっていく。これ以上聞いていたら、かりんとう饅頭まで嫌いになってしまいそう。

適当に相槌を打ち、話を聞き流しながら入口近くへ視線を戻せば、もうそこに樹君たち四人の姿はなかった。慌てて店内を見回し、やっと窓際のテーブルに彼らの姿を見つけてホッとする。

会えたことに浮かれ、私はなにも考えないまま樹君のもとを離れてしまったけれど、もし満席だったなら……彼らはこの店を出てしまっていたかもしれない。それは樹君と再び離れ離れになってしまったことを意味する。

だけど状況は今も変わらない。なにか行動を起こさない限り、彼と言葉を交わすことはたぶんもうないのだから。

連絡先くらい知りたい。もがき苦しむのはもう嫌だ。樹君と話がしたい。

幸いなことに、ここはブッフェスタイルのレストランである。彼が料理を取りに立つのを見計らい、私も席を立つ。近づき話しかける。これしかない。

女性も彼についてくるかもなんて余計なことはとりあえず考えないようにして、私はバッグからそっと携帯を取り出し、机上に置いた。

準備ＯＫ。あとは樹君が動くのを待つだけだ。

袴田さんのずっと向こう側にいる樹君をちらちらと見ていると、隣の席の女性ふたりがわっと色めき立った声をあげた。

「ねぇ、あの女性《ひと》、津口可菜美《つぐちかなみ》っぽくない？」

「津口可菜美？」

「ほら、『RhymeNote《ライムノート》』の専属モデルになった人」

聞こえてきた女性ファッション誌の名前に、私は小さく声をあげた。さっき感じた既視感がやっと解決したのだ。

そうだ。彼女の言う通りである。少し前に、あの綺麗で小さな顔が表紙を飾っていたのを、私は本屋で見かけている。

そこに気が付けば、樹君のいるあのテーブルが、急に都会めいて見えてきた。樹君はもちろんのこと、彼とテーブルを共にしている年配の男性も、眼鏡をかけた若い男性も、洗練された雰囲気を放っていて、周りとは一線を画している。

「津口可菜美の隣にいるのって、彼氏かな。すごくカッコよくない？」

「ほんとだ。彼もモデルかな？　いいなぁ。イケメン羨ましい」

興奮している声が、隣から聞こえてきた。私はこっそり苦笑いする。

津口可菜美さんの隣に座っているのは樹君だ。彼の顔がいいということに異存はない。背も高く足も長い彼なら、いろんなブランドの洋服をさらりと着こなしてしまう気がする。絵になると思うけど……彼がモデルとしてカメラの前で決め顔をする姿がまったく想像できない。逆に、不愛想な彼にスタッフが振り回される様子を想像する方が簡単だ。

「……モデルかなんかがいるみたいですね」

袴田さんは後ろを振り返り、そして隣のテーブルの女性たちへと白けた目を向けながら、ぽつりと呟いた。

「そうみたいですね」

彼女の出ている雑誌名を言おうとしたけど、袴田さんがつまらなそうに肩を竦めたため、私は口を噤《つぐ》んだ。

「そのモデルだという彼女に気付いた女性はみんな騒めいてますけど、三枝さんは落ち着いてますね」

「いえ。そんなことは」

私も彼女が樹君の連れじゃなかったら、樹君の腕にじゃれついていなかったら、隣の女性たちと同じように、騒いでいただろう。元カレが今カノといちゃついているのを見せられて、なんだかおもしろくない……という気持ちが勝ってしまって、騒ぐ気になれないのだ。

笑いながら首を振ると、袴田さんが眼鏡を押し上げた。眼鏡のレンズが光を反射する。

「見慣れてますか？　三枝さんはモデルも多く来店しそうなお店に勤めてらっしゃい

ますよね」

　初めて自分のことを聞かれ、ドキリとしてしまった。

「……た、確かに芸能関係の方も多く来店されますけど、だからといって見慣れているわけでは」

「僕はアパレルのことはよく分かりませんが、それでも都心の一等地であの規模の店を構えているのはすごいことだと分かります。それなりのステータスがありそうな客ばかりが来店していますよね」

　ぶつぶつと呟かれる言葉を聞きながら、この人は私のことをどこまで知ってるのだろうと、うすら寒くなってくる。

　私が勤めているのは、アパレル系のお店である。メンズ、レディースはもちろんのこと、私の配属先のショップでは子供服まで揃っている。バッグ、靴、財布、ジュエリーも取り扱っていて、値段もそれなりにするものばかり。袴田さんの言う通りなのだ。

「私の仕事のこと、椿に聞きましたか？」

　私が東京でアパレルの仕事をしていることくらいは、椿から聞いていると思う。けれど今さっきの袴田さんは、まるで私の職場を見てきたかのような言い方だった。

思い過ごしであってほしいと強く思った時、袴田さんが鼻で笑った。

「えぇはい。横川さんには三枝さんのことをいろいろ聞きました。それに自分でも店の前まで何度も足を運びました。あなたが生き生きと接客する姿も何度も見ています」

「えっ⁉　……そ、そうだったんですか」

「僕は思いました。三枝さんは、はかまだの制服の方が絶対似合います。一度着てみてくれませんか？　絶対似合うと思うんです。今度のお休みはいつですか？　その時にぜひ、制服を着たところを僕に見せていただけないでしょうか？　あぁ、楽しみです」

ツッコむ隙を与えないほど口早に、彼が言葉を並べていく。

予期せぬ方向へと話が進み始めたことに頬を引きつらせながらも、私は冷静を装いつつ、静かに椅子から立ち上がった。

「孝介先輩も椿も遅いですね。どうしたんでしょうね……。ちょっと入口の辺りを見てきます。そのあとデザートにケーキをもらってきます」

興奮し赤みを帯びていた袴田さんの顔が、すっと白んでいく。和菓子屋の息子に〝ケーキ〟というワードはダメだったようだ。私はフォローすることもせずに、そそくさとテーブルを離れた。

言葉にしてしまった手前、入口の辺りとその先に見える廊下を気にしつつ、デザートが並べられてあるエリアへと足を向けた。

椿と孝介先輩はどこかで合流し、時間潰しをしているんじゃないだろうかと勘ぐってしまう。ふたりきりになった私と袴田さんが、なにかの話題で盛り上がったり、あわよくば意気投合することを期待しているのかもしれないけど……それは、たぶん無理である。心が袴田さんを拒絶しつつある。

それに……私の頭の中は樹君のことでいっぱいだ。十年経った今でもまだ、自分の中にあの頃と同じ熱量があるというわけではないけれど……それでもやっぱり、彼への気持ちはちゃんと残っていた。

廊下で再会した時はもちろんのこと、同じ空間にいると思うだけで、鼓動が速くなっていく。こんなにもドキドキしてしまう。

けれど気持ちがこれ以上浮ついてしまわぬよう彼としっかり話をし、あの時の約束めいた言葉がもうとっくに時効を迎えてしまっているということを、ちゃんと理解した方がいい。じゃないと、今までの自分に区切りをつけて新しい一歩を踏み出すなんてできそうもない。

憧れていた会社に就職してから、ただがむしゃらに毎日を頑張ってきた。自分の仕事が好きだし誇りでもあるけれど……椿から妊娠したと聞いた時、初めて切ない気持ちになってしまった。

誰かを愛し、愛されること。誰かの妻になること。家庭を築くこと。誰かの子供を身ごもること。母親になること。

彼女の進んでいる道を、自分も歩くことができるのだろうか……このままではその道に足を踏み入れることすらできないのではと、不安になってしまったのだ。

椿には意地を張って、まだまだ結婚なんかしたくないと言ってしまったけど……それは素直な気持ちではない。置いてきぼりをくらったような寂しさ、それから焦りも感じてしまっている。

私の場合、まずは恋愛する相手を見つけなくてはならなくて、新しい恋をするには樹君のことをしっかりと〝過去〟にしなくちゃいけない。

だから今日のこの再会は、私にとってチャンスなのだ。新しい一歩を踏み出すために必要なステップなのだから、これを逃すわけにはいかない。

「……そこまで悩むなら、いっそ全部食べたら？」

突然耳元で囁かれ、両肩が大きく跳ねた。おまけに引きつった声も出てしまった。握りしめていたお皿を落としそうになり焦っていると、隣に立っている男性が笑ったのが聞こえてきた。

「普通に話しかけてよ！」

「バカみたいに真剣なその顔が懐かしくて、つい」

「バカとか言わないで」

睨みつけたけど、樹君は動じない。小生意気な笑みを浮かべる彼を見上げて三秒後、私は自分のいたテーブルを振り返り、顔をしかめた。

「あぁもう。携帯置いてきちゃった」

テーブルの上に携帯を置いて待機していたというのに、あの場から逃げ出すことに必死で忘れてきてしまった。

せっかく樹君本人が私の隣に来てくれたというのに！　連絡先を交換する絶好のチャンスなのに！

「……樹君」

私は諦めきれずに、改めて彼へと体を向けた。

「なに？」

ケーキの隣に豊富に置かれているサラダの野菜をお皿にのせながら、彼が短く返事をした。

「あの……」

連絡先を教えてもらいたいとか話がしたいとか、その気持ちだけでも今のうちに伝えておこうとしたのだけれど、なかなか言葉にすることができなかった。気軽に言ってしまえばいいのに、喉に言葉がつかえて出てこない。

「……あの、ね……」

頬が熱くなる。お皿を持つ手も震えてしまう。もういい大人だっていうのに、緊張で固まってしまった自分が恥ずかしくて、耳まで熱くなっていく。

言葉が続かないのを不思議に思ったのか、樹君が私へと顔を向けた。

「ナンデスカ?」

彼にいかがわしいものでも見ているような顔をされてしまったため、私も眉間に皺が寄っていく。でもそのおかげで緊張感は緩和された。軽く息をついてから、やっと話し出すことができた。

「樹君と話がしたいの……私のために……時間を空けてもらえないかな?」

樹君は驚いたあと、にやりと笑った。

自分の気持ちをすべて見透かされたような気持ちにさせられ、頬の熱が復活する。やっぱり恥ずかしい。

「あの……いつでもいいから……私どこにでも行くから……だから、その……」

愉快そうに見下ろしてくる瞳に耐えられなくなってしまい、行儀が悪いのは分かっているけれど、私は持っていたお皿で顔を隠しつつ言葉を続けた。

「れっ、連絡先を、教えていただけないでしょうか？」

やっとの思いで言い切ると、ぷっと樹君が笑った。恥ずかしさを必死でこらえながら言ったのに、ほんの一瞬で笑い飛ばされてしまった。

「もうっ！　笑わないでよ‼」

いったんお皿を下ろし噛みつくと、樹君が笑った。

「かわいいヤツ」

優しく微笑みかけてきた。

「いいよ。千花のために、俺の予定空けてあげる」

ドキッと鼓動が跳ねた。胸の奥が甘く痺れて、きゅっと苦しくなる。

樹君を、改めてカッコいいと思った。

「そっちの連絡先教えて。都合のいい日を確認して、こっちから電話するから……って千花、聞いてる？」

不機嫌な声に、彼に見惚れてしまっていたことを気付かされる。気まずくて、私はまたお皿で顔を隠す。

これ以上彼と視線を合わせていたら、引き返せない場所に足を踏み入れてしまいそう。そんな不安にも駆られてしまった。

「はっ、はい。聞いてます……なんでしょう？」

「まったく聞いてないじゃん。番号教えてって言ってんの」

「はい。番号ですね。言いますね。080―△□△□……」

番号を言い並べていると、樹君がお皿の縁に指をかけ、私の顔から遠ざけようとする。

「皿で顔隠すのやめてくんない？　声がくぐもって、よく聞こえない」

「……でも」

「でもじゃない！」

「あぁっ。これ以上は勘弁してください！」

抵抗を試みたものの、樹君にやすやすとお皿を取り上げられてしまった。そして彼はまた私を見て、不敵に微笑む。

「これでよし……覚えるから、教えて……ねぇ、早く」

少し目を細め、おねだりするような口調でそう要求され……彼の艶っぽさに、私の思考は完全に一時停止した。

足元がふらついた瞬間、私と樹君の間に細長い体が強引に割り込んできた。

「ちょっと!」

津口可菜美さんだった。なによりもまず先に、私を睨みつけてくる。

「なんなの？ 樹とさっきからなにしてるのよ⁉」

突然の乱入に面食らい、そして彼女の敵意に満ちた目に背筋が寒くなっていく。

「ちょっと声かけてもらったくらいで、その気にならないでくれる？ 彼の本命は私だから」

「……本命？」

チクリと胸が痛んだ。

痛む心で、あぁやっぱりそういうことだったんだと、納得した。

「あのさ、お前こそ――……」

「樹、大好き！」

津口可菜美が細い手を伸ばして、樹君の体に横から抱きついた。樹君は持っていたお皿からサラダを落としそうになり、彼女を不機嫌に見下ろす。

そんな表情も慣れているのだろう、津口可菜美は怯むどころか華のある笑顔を向けつつ、もう一度樹君に抱きついた。彼は自分のお皿と私から取り上げたお皿で両手が塞がっているため、嫌そうに身を捩《よじ》っている。

樹君は不機嫌な顔をしているけど、親しい間柄であることは間違いない。現実が見えてしまい、胸の痛みが増していく。

「樹君」

強張った声で呼びかけると、眉間に皺を寄せたまま、彼が私を見た。

目が合ったら、笑いたくなんてないのに、なぜか口元に笑みを浮かべてしまった。

「ごめん。やっぱりいいや。さっきの話忘れて。もういいから」

「いや、違うから。待って！」

津口可菜美が勝ち誇ったような顔をしている。

悔しさを顔に出さないよう必死に笑顔を繕いながら、私はその場を離れた。

不敵な笑み

足取り重く、自分のテーブルに戻っていく。椿がまだ戻ってきていないことに落胆しながら椅子に腰を下ろすと、袴田さんが身を乗り出してきた。

「三枝さん、大丈夫でしたか？　絡まれていたのでしょう？」

言いながら、袴田さんは先ほど私が立っていた辺りを見た。

口論を続けている樹君と津口可菜美のもとに、強張った表情のスタッフが近づいていく。恐る恐る話しかけようとした時、あの若い眼鏡の男性が気軽な足取りでふたりの間に割って入った。男性に慌てた様子はない。少しの言葉だけで場の収拾が図られたのは明らかだった。

「あのキザな感じの男に、ずっと絡まれてましたよね？　手ぶらで帰ってきてしまうほど、嫌な思いをさせられたのでしょう？」

樹君と私の様子をそんな風に思いながら〝ずっと〟眺めていたのかと、気持ちがゆっくり凍りついていく。

「まぁ、僕から言わせてもらうと、見た目ばっかり派手で、女性に対する誠実さがなさそうな男など——」

「やめてっ！」

樹君を悪く言わないでほしい。彼なら私が困っていることに気付いたら、すぐに助けに来てくれる。きっとそうすると思う。樹君はあなたとは違う。

「……もうやめてください。そういうの聞きたくないです」

絞り出すようにそれだけ言って、私は目線を自分の膝の上へ落とした。

「そうですか。それは失礼しました」

やや間を置いてから淡々とした声が返ってくる。それから私たちの間に沈黙が落ちた。

顔を上げぬまま、こっそりため息をつく。

いろいろあって疲れてしまった。もう帰りたい。

私はテーブルに置きっ放しだった自分の携帯を掴み取り、時刻を確認する。

「……あと三十分ですね。三枝さん、まだ食べますか？」

袴田さんも同じように、腕時計で時間を確認していた。もうすぐ十九時三十分になる。ブッフェは時間制なので、この席に座っていられるのはあと三十分だけだ。

「いえ。私はそろそろ失礼します。椿たちに戻ってくるよう電話しますね」

今夜は実家に泊まる予定である。またいつこちらに帰ってこられるか分からないから、椿たちに別れの挨拶くらいしておきたい。

「連絡する必要はありません。孝介くんたちはもうこのホテルにいませんから」

「……えっ？　ホテルにいない、って」

「はい。僕が途中で帰ってもらうようにあらかじめ頼んでおいたんです」

「いやでもさっき、孝介先輩は仕事の電話があって、席を外してるって言ったじゃないですか！」

「あぁ、それは嘘です」

悪びれる様子もなく、逆に当然だといわんばかりの顔で、彼は言い切った。

「スムーズに三枝さんとふたりっきりになるには、途中で彼らに消えてもらうのが一番ですから」

袴田さんが笑みを浮かべた。孝介先輩が電話で席を外したと告げた時もそうだった。笑いながら嘘をついたのかと嫌悪感でいっぱいになっていく。

「居心地が悪くなってしまったのでレストランを出ましょう。そうだ、一度うちの店に寄りますか。はかまだの和菓子を好きなだけ食べてください」

「私、行きません。帰ります」

「なに言ってるんですか。高い食事までご馳走したのですから、当然あなたは僕に付き合うべきだ」

そのひと言に、視界がくらりと揺れた。ふざけた物言いに、開いた口が塞がらない。

「僕の言うことを聞くべきです……まぁ宿泊先くらいは、あなたに決めさせてあげてもいいですけど」

これ以上、我慢することなどできなかった。勢いよく椅子から立ち上がり、財布から一万円札を取り出し、テーブルに力いっぱい叩きつける。

「私は今日、あなたに奢《おご》ってもらったつもりなんてありません。もうあなたとはこれっきりです。さようなら」

眼鏡の奥にある袴田さんの瞳が大きく見開いていく。

私はバッグに財布と携帯を乱暴に投げ入れ、出口に向かって歩き出した。

「あぁ、もう！」

レストランを出て、足取り荒く廊下を進んでいく。人の目があるから嫌なのに、涙が流れ落ちてしまう。怒りで頭がどうにかなりそうだ。

「三枝さん！」

一階に通じる階段の前に来たところで、後ろから力強く肩を掴まれた。

私を強引に振り向かせたのは、袴田さんだった。

「待ってください！　あなただって、僕のことで頭がいっぱいなはずだ。上手く素直になれなかったことを悔やんで泣いているんでしょ？」

「違います！　離してっ！」

袴田さんから逃げようともみ合いになり、少しずつ足が後退していく。あっと思った時にはもう遅かった。右足が階段から滑り落ちそうになり、振り回していたバッグから手を離してしまった。それは緩やかな弧を描き、階段の下へと落ちていく。

自分自身の転落の恐怖に体が竦んだ時、違う温かさに腕を掴まれた。

力強く私を引き寄せたのは……樹君だった。そのまま勢いよく彼の胸元へと倒れ込んでも、その身体はびくともしない。私をしっかり受け止めてくれる。

私の背中に触れている手が微かに震えているのが伝わってくる。樹君は私を包み込む腕に力を込めたあと、小さく息を吐いた。

「おっ、おっ、お前っ！」

袴田さんが樹君に向かって指をさし、声を裏返しながら抗議の声をあげた。

「……さっ、三枝さんを……は、離せ……じゃないと……」

しかし声音はどんどん小さくなり、最後の方はぼそぼそとした音で、まったく聞き取れない。

私から身体を離し、樹君が袴田さんへと顔を向けた。苛立ちを露わにしている彼の顔を見て、袴田さんはびくりと体を震わせ、口を閉じてしまった。

「僕のことで頭がいっぱい？　悔やんで泣いてる？」

樹君に嘲笑《あざわら》われ、袴田さんの顔が色を失くしていく。

「自惚れすぎだから」

はっきりと断言し、彼の視線が私に戻ってくる。

「……平気？」

樹君の手が私の頬に触れた。涙なんか袴田さんに追いつかれた時点で止まっていたのに、樹君が優しい手つきで涙が伝い落ちたあたりをなぞるから、不覚にも目頭が熱くなってしまった。

「大丈夫……ありがとう、樹君」

樹君には感謝の気持ちでいっぱいだった。階段から落ちそうになったのを助けてくれたことも、こうして追いかけてきてくれたことも。

胸が詰まって、それ以上なにも言えないでいると、階段の下から子供の賑やかな声が聞こえてきた。誰かが階段を上ってきていることに気付き、ハッとする。階段の下へと落ちていったバッグの行方を確認し、私は慌てて樹君の腕の中から飛び出した。バッグの口を閉じていなかったせいで、階段の途中途中に、財布や携帯や手帳やポーチなどが見事に散乱してしまっている。

「わあっ！　なんか踏んじゃった！」

緩くカーブを描いた階段の真ん中辺りで、父親と手を繋いでいた小学校低学年くらいの男の子が驚きの声をあげた。男の子は片足を上げ、足元の踏んでしまったなにかを確認している。

そこにある物を見て、私は小さく悲鳴をあげた。なかば滑り落ちるように、男の子のもとへと駆け下りていく。

「すみませんっ！　それ、落としたの私です！」

私は両膝をついて、男の子の足元でくたりと横たわっている小さなぬいぐるみを、両手で掴み上げた。無意識に唇を引き結んでしまった。

「すみません。うちの子が踏んでしまったみたいで」

子供の父親に謝られ、私はすぐさま首を横に振る。

「いえ。私こそすみません」

男の子が強張った表情でこちらを見ている。私は言葉をかける代わりに笑みを浮かべた。

「一応確認するけど、これとかそれとか、全部千花のだよね?」

階段の中ほどに落ちている私の持ち物を、樹君が拾い上げてくれている。自分も拾わなくちゃと思い、慌てて立ち上がった。しかし、ぬいぐるみが頭に乗せていた装飾物が壊れていることに気付き、足が動かなくなる。

親子は階段を上り始めた。その途中で男の子は私の名刺入れを拾い上げ、恐る恐るといった様子で樹君へと差し出した。

「どうも」

声音こそ彼らしいぶっきら棒なものだったけど、樹君の口元には褒め称えるような笑みが浮かんでいた。不安そうだった男の子は緊張を解き、樹君へとちょっぴり得意げに笑い返している。そんなやり取りを見て、私の気持ちも和んでいく。

壊れてしまったのはショックだけど、樹君を見ていると、そんな小さなことで落ち込むことがバカらしく思えてくるから不思議だ。

親子は再び階段を上り始め、樹君は落とし物を探すように辺りに視線を走らせている。

階段の途中にいる彼のもとへ行こうと一歩踏み出した時、樹君が機敏に顔を上げた。

ほぼ同時に、ブツブツと呟くような低い声も聞こえてきた。袴田さんがおぼつかない足取りで階段を下りてくる。

「……どういうことですか……どうしてあなたはこの男の名前を親しげに口にしているのですか……なんで……どうして……」

唖然《あぜん》としている樹君には目もくれず、袴田さんが私目指して一歩、また一歩と近づいてくる。急に怖くなり、私は後ずさった。

「僕はまだ下の名前で呼ばれたことがないのに、あなたに呼ばれるのがふさわしいのは、こんないけ好かないヤツじゃなく僕の方なのに……僕はこんなにもあなたのことを思ってるのに……こんなに好きなのに」

異様な迫力で近づいてくる袴田さんにはもう恐怖しか感じない。

袴田さんが私に手を伸ばしてきた。触られるのは嫌なのに、足が竦んで動けない。

「お前、見苦しい」

冷たい声に、袴田さんが大きく振り返る。

「お前って言うな！　俺はな、和菓子屋はかまだの副社長だぞ！　お前とは違うんだぞ！　分かったら態度を改めろ！　偉そうにするな！」

今までモゴモゴとしか言い返せなかった人と同一人物とは思えないほどの音量で、

袴田さんが怒鳴り返した。

それに対し、樹君はほんの一瞬きょとんとしただけだった。すぐに挑発じみた笑みを口元に浮かべ、階段を下り始める。

「副社長だから偉いの？　それともあんたが偉いの？　どこらへんが偉いのかよく分かんないから、もうちょっと違う言葉で説明してよ。俺となにがどう違うのかって」

「うっ、うるさい、黙れ！」

「納得できれば黙るけど？」

袴田さんは震える握り拳を大きく振り上げ、奇声をあげながら樹君に向かっていく。思わず息をのんだけれど、樹君は焦る様子もなく、その拳をさらりとかわした。

「はい」

私の目の前で足を止め、バッグを差し出してくる。

「行くよ。千花」

私がバッグを受け取ると、樹君はまた軽い足取りで階段を下り始めた。

そのあとを追って前に進もうとした時、袴田さんが「三枝さん！」と唸り声をあげた。怒号のような声に足が竦んでまた動けなくなると、樹君も再び足を止め、ため息交じりに振り返る。

「俺についてくる？　それともそのお偉いさんとこの場に残る？　千花の好きな方を選びなよ」

彼はそれだけ言って、私に背を向けた。

遠ざかっていく背中から視線を落とした。ぬいぐるみと一緒にバッグの持ち手をぎゅっと握りしめ、袴田さんへと身体を向ける。そして、顔を輝かせた袴田さんに向かって深く頭を下げた。

「ごめんなさい！　さようなら！」

顔を上げると同時に、素早く身を翻《ひるがえ》した。階段を下りながら、ロビーを歩く樹君の姿を見つければ、自然とスピードが上がっていく。

軽く呼吸を乱して樹君の後ろにつける。スーツのジャケットの裾を引っ張ると、彼は肩越しに私を見て、口元に笑みを浮かべた。

ホテルのフロントカウンターで笑みを浮かべている女性スタッフを横目で見ながら、私は少し前を歩く樹君に声をかけた。

「どこに行くの？」

「ここの最上階にあるバー」

少し先にエレベーターが三基並んでいる。樹君はそこに向かって進んでいるのだろう。私は慌てて彼の隣に並んだ。

「飲みたいし、なんか食べたい」

「そうだよね。樹君はさっきレストランに入ったばかりだったし……出てきちゃって平気？」

今さらだけど、聞いてしまった。

四人で食事をしていたのに、その途中で樹君は席を離れてしまったのだ。男性ふたりは戸惑っているかもしれないし、津口可菜美に関しては間違いなく不機嫌になっているだろう。

樹君は私と視線を合わせると、ちょっぴり肩を竦めた。

「携帯の電源、しばらく落としとくから平気」

「それって、平気じゃないよね」

「俺は平気。残された男ふたりは今大変だろうけど」

顔を見合わせたまま、彼がなんてことない様子でそんなことを言うから、私は苦笑いするしかない。

「そういえば樹君、今日は仕事だったの？」

先ほど見た男性ふたりを頭に思い浮かべた。ふたりは樹君と同じようにスーツを身に着けていた。それが私には仕事帰りのように見えてならなかったのだ。

「そう。いくつか回らないといけないところがあって」

私の予想は当たりだった。今日は祝日だけど、樹君は仕事だったようだ。

とはいえ、今回は前もって申請しておいたから休めたけれど、私も土日祝日はほとんど仕事である。

そう考えれば、樹君は今どんな職に就いているのかという興味が湧いてくる。

「ってことは、一緒にいた人たちはみんな仕事仲間？」

「みんなじゃない。男だけ」

津口可菜美が仕事仲間だというのなら、樹君も芸能関係の仕事をしているのかもと考え聞いてみたのだけれど、そこはあっさり否定されてしまった。

眼鏡の男性は人がよさそうだったし、年配の男性は紳士的な雰囲気だったし、樹君は……こんな感じである。三人を頭の中で並べてみる。いったいどんな会社で働いているのかが、まったく想像できない。

横を歩く樹君をちらちら見ながら頭を捻っていたため、注意力が散漫になっていたらしい。段差があることに気付かず、わずかな段差にひっかかり、足がもつれてしまった。

小さく叫びながら前のめりになった私は、横から伸びてきた手に……樹君に助けられた。本日二回目である。

私の身体を支えたまま、樹君が呆れたようにため息をついた。

「落ちそうになったり、転びそうになったり、俺の心臓止めるつもり?」

「そっ、そんなつもりは」

「危なっかしいから、しっかりしてよね」

注意されているというのに、樹君の手が自分に触れていることや近くなった距離に意識が向いてしまう。反省するどころか、ドキドキしてしまっている自分が恥ずかしい。

「……いいや。心臓に悪いから、前もって支えとくことにする」

「支えるって？」

どういう意味かと疑問を持ったその瞬間、私の肩に彼の手が乗った。そのまま軽く抱き寄せられ、体の半分が彼と密着する。

「こういうこと」

樹君が私の耳元でからかい交じりに囁いてきた。

くすぐったいし、おまけに彼の唇が頬を掠めたような感触もあり、身体全部が熱くなる。恋愛の経験が少ない私は、こんな時どう反応したらいいのか分からない。大人の対応などできるはずもなく、頭の中はパニックである。だんだんと息苦しくもなってきた。

身体を強張らせ、目を泳がせていると、隣の彼がくくくと笑った。

「見た目は年とったけど、中身は十年前のまんまだね」

「年とったとか言わないで！　っていうか、そこはお互い様だからね！」

「なに言ってんの？　俺はちゃんと見た目も中身も大人になってるけど？」

「ちょっ、私だって大人になってます！　立派に大人です！　大人なんだからね！」

「どこが？」

樹君のペースに巻き込まれて、ついついムキになってしまう。

少し冷静になるべく、距離をとろうとしたけれど……ダメだった。彼の腕が首にきつく絡みついてくる。

「どこに行くつもり？　ふらふらしないでちゃんとまっすぐ歩きなよ」

「くっ、苦しいってば。しっかり歩きます。離してください」

「離したら転ぶでしょ？」

「この状態の方が転ぶってば！」

抵抗を続け、もつれあっているうちに、気が付けば私は彼の腕の中に閉じ込められていた。さっきまでとは違う優しい力で後ろから抱きしめられている。

「大丈夫。俺がしっかり支えるから」

真剣な声だった。転びそうだから支えるというだけでなく、まるでそこに別な意味も含まれているような気持ちにさせられてしまう。

「千花」

優しく甘やかに名前を呼ばれ、トクッと鼓動が高鳴った。体が熱くなる。勝手に期待してしまう。この再会の先に、まだまだ樹君との続きがあるのだと。

「……それ、さっき男の子が踏みつけたやつ？」

拾ってからずっと持ち続けていたぬいぐるみに、気付いたらしい。彼は私から手を離し、ぬいぐるみを掴みとった。

「そうだよ。踏まれちゃったやつ」

樹君がぬいぐるみを凝視している。このぬいぐるみのことを思い出してくれるかななんて、ちょっぴりドキドキしながら反応を待っていると、彼が眉間に深い皺を作った。

「これ……太った黒いクマ？　……しかもこれ……千花の手作りだよね」

「違うよ！　黒ネコだよ！　ネコ！　別に太ってない！　ちょっと胴体が太くなっちゃっただけで。もうっ！」

もこもこでふわふわの黒いボア生地を使って作ったそれは、確かに不格好である。自覚はしている。だけど万歳している姿は見ようによってはかわいくもあり、なにより昔、樹君への愛しさを込めながら一生懸命作ったぬいぐるみなのである。彼も見ているはずなのに、まったく覚えていないことに悲しくなる。

膨れっ面で文句を言おうとした時、ぬいぐるみを見つめていた樹君がふっと笑みを浮かべた。嬉しそうな顔にハッとさせられる。もしかしたら、樹君はこのぬいぐるみのことを覚えてくれているかもしれない。

「行こう」

「……うん」

樹君の左手が私の右手を掴み取り、軽く力を込めてきた。私は素直に頷き、微笑みながら繋がった手を握り返した。


樹君に手を引かれ、バーに足を踏み入れれば、ピアノの音色が迎えてくれた。

高級感漂うブリティッシュスタイルのインテリアが並び、ぼんやりとしたオレンジ色の照明に包まれた店内は、しっとりと落ち着いた大人な雰囲気である。

場違いなところに来てしまったと感じているのは私だけのようだった。樹君は先ほど同様、堂々としている。

「あぁ、藤城《ふじしろ》様！　ご来店ありがとうございます」

慌てて歩み寄ってきた四十代くらいの男性の店員さんが、樹君に向かって深々とお辞儀をしたのを見て、思わず「えっ？」と呟いてしまった。

「日本にお帰りになられていたんですね」

「はい。先日帰国しました。ご無沙汰しています」

ものすごく丁寧に挨拶されていることにも驚いたけれど、樹君が紳士な物腰で頭を下げ返していることにも驚いてしまう。樹君が樹君じゃないみたいだ。

むしろ、立ち振る舞いや気負った様子がまったくないところが相まって、彼が年上の男性に見えてきてしまう。私と彼は同い年なのに、差を見せつけられたような気がして、ちょっぴり悔しい。

驚かされたことはまだまだある。ふたりの会話によると、樹君はつい先日まで日本ではないどこかの国で暮らしていたらしい。

「樹君って、日本にいなかったの?」

「あぁ。千花と最後に会ったあの夏からずっと、アメリカで暮らしてた」

「……そうだったんだ」

昔、彼本人から東京に住んでいることは聞いていた。だからずっと東京のどこかにいるものだと思っていたのに、それすら違っていたのだ。いつか道端ですれ違うかもなんて夢見ていた自分が恥ずかしい。

樹君の苗字のこともだ。初めて会った時、お互い自己紹介をしたはずだけど、そのあたりの記憶は曖昧である。

実家のすぐそばにある北ヶ原という丘の上に大きな家が建っている。そこに住んでいる年配の夫婦は牧田《まきだ》さんという名前で、樹君は夫妻の親戚の子だった。彼は仕事が忙しく家を空けがちな両親と牧田夫婦の意向により、小学校六年生から高校一年生の夏休みをそこで過ごしていた。

苗字は違っていた。そこは覚えている。覚えているのだけれど……藤城という苗字を聞いても、あぁそうだったとかつての記憶が蘇ることはなかった。樹君のことは〝樹君〟として、私の中に定着してしまっている。

つまり自分は彼のことをなにも知らないということだ。なんだか気落ちしてしまう。

「申し訳ございません。窓際の席が今すべて埋まっておりまして。カウンター席しか……」

「カウンター席で構いません……邪魔が入らず、彼女とゆっくりしゃべれるところならどこでも」

樹君がさらりとそう言って、繋がったままの手に軽く力を込めてきた。それに反応し、頬が熱くなっていく。

店員さんが、樹君と顔を真っ赤にさせているだろう私を交互に見て、ふっと表情を柔らかくした。

今すぐなにかで顔を隠したい。

「ご案内いたします」

ゆったりとした足取りで歩き出した店員さんに続いて、私たちも歩き出す。

店内を歩いているだけなのに、やっぱり樹君は目立っているようだった。その場にいる誰もが、その存在感に惹かれているかのように、ちらちらと樹君を見ている。そしてその視線は、彼に手を引かれ歩いている私にも向けられる。

樹君と一緒にいることに舞い上がっている自分を見透かされているようで、だんだんと居心地が悪くなっていく。

カウンターの端の席に通され、私たちは並んで腰をかけた。

カウンターの向こう側にある棚には、たくさんのワイングラスが並んでいる。水色の淡い光にライトアップされ、ひとつひとつが輝きを放っているみたいでとても綺麗である。

「千花、お酒は飲める？」

「うん……でも強い方ではないかも。いつも甘いお酒ばっかり飲んで満足してる」

「あぁ確かに。千花はそんなイメージ。で、ちょっとの量で酔っぱらって、ねちねち絡んでくるんでしょ？」

「絡まないいっ！」

樹君に小バカにされ睨みつけると、先ほどの男性店員が目の前にやってきた。

メニュー表がないとなにを頼んでいいのかも分からず視線を彷徨《さまよ》わせた私の傍らで、樹君が流れるようにお酒や料理をオーダーしていく。私の分もだ。場慣れしている様子に、本当に同い年なのかと疑いを持ってしまう。

オーダーし終えたあと、樹君は頬杖をつき、ずっと持っていた黒ネコのぬいぐるみを片手で弄《もてあそ》ぶ。その横顔はちょっぴり子供っぽい。

壊れてしまった頭部の飾りを弄《いじ》ったあと、樹君はテーブルの上にぬいぐるみを寝かせ、私を見た。

「俺にどう絡もうか、頭の中で作戦会議？」

「そっ、そんなんじゃないよ。酔っぱらうほど飲むつもりもないし」

「酔って色っぽく迫ってくる千花も、俺は見たいけどね」

熱を帯びた樹君の瞳がわずかに細められた。

彼の色気にドキリとし、思わず顔をそらしてしまった。

鼓動が速くなり、身体も熱くなっていく。

「わっ、私は、本命の女性がいる人には迫りません！」

彼の言葉に流されて、勘違いして、このままだと自分だけがその気になってしまいそうな気がした。

ちゃんと確認しなきゃ。現実を見なきゃ。

大きく息を吸い込んでから、勇気を出して、彼へと顔を向ける。すぐに綺麗な瞳と視線が繋がった。気持ちが怯みそうになるのを、なんとかこらえた。

「あの、さ……樹君って津口可菜美さんと……」

声が震えてしまった。

「付き合ってるの？」

樹君に彼女がいるのならば、遠い昔の約束は無効になる。それを受け入れて、新しい一歩を踏み出さなくちゃいけない。

……でも……私は樹君から、離れることができるのかな。彼に好きな人がいるのだと思うと、こんなにも胸が苦しくなるのに。

「千花」

名前を呼ばれるだけで、ドキドキしてしまう。彼から目が離せない。不安で心を揺らめかせながら、次の言葉を待った。

「勘違いしてほしくないいんだけど」

樹君の手が伸びてくる。温かな手が、私の頬に優しく触れた。

「よく考えてよ。津口が誰よりも大切な女だっていうなら、俺は彼女のそばを離れて他の女を追いかけたりしない。でも俺は今、千花の隣にいる。千花との時間を選んだ。それが答え。納得した？」

ふたりは付き合ってないということ。樹君にとって津口さんが一番大切な女性ではないということ。

樹君の言葉がまっすぐ心に響いてきて、私は自然と樹君に頷き返していた。

「じゃあ、次、俺の番ね」

彼は私から手を離した。すっと息を吸い込み、不機嫌な眼差しを向けてくる。攻撃開始と言われたような気がして、とっさに私は身構えた。

「さっきのあれ、なに？」

「えっ？　あれって？」

「あの逆切れしてた眼鏡の男」

「眼鏡……あぁ！　袴田さんのことだよね？　この辺りでは有名な老舗和菓子店の跡取り息子だよ。そこの和菓子屋のかりんとう饅頭が有名でね……」

その先の言葉を、慌てて飲み込んだ。樹君が私を睨んでいる。

「饅頭の話は聞いてない。千花はあの男とどういう関係？」

聞かれて、私は眉根を寄せた。

「ほぼ初対面だし、どうもこうもないよ。今日はね、友人夫婦と食事する予定だったの。だけど、いざこっちに帰ってきたら、なぜか袴田さんもいて、そのまま四人で食事することになって」

思い出したら、だんだんと腹が立ってきた。思わず言葉に力が入ってしまう。

「それでね！　途中で友達ふたりが消えて、袴田さんとふたりっきりにさせられて、話にもついていけなくて……。袴田さん、〝副社長副社長〟ってうるさいんだもん。そりゃ、凡人からすると、すごいなぁとは思うけどさ。あんなに自慢たっぷりに言われると、うんざりしちゃうよ。副社長って言葉、当分聞きたくない」

樹君に「ふうん」と呟かれ、ハッと我に返った。

ヒートアップしてしまった私を、樹君が頬杖をついたままじっと見つめている。彼に表情がなさすぎて、気分を悪くさせてしまったかと焦ってしまう。

「ちょっと熱くなっちゃった。ごめんね、愚痴なんて聞かせて」

身体を小さくさせて詫びると、樹君がふっと口元に笑みを浮かべた。

「別に。あの男とののろけ話聞かされるよりは、全然いいけど？　それに……今は千花の話を聞きたい。少しずつでいいから、たくさん聞かせて？」

彼の瞳に優しい色が灯る。声音の温かさが心に染み込んでくる。

離れていた十年分の時間を、埋めようとしてくれている。それが嬉しくて、涙が出そうになる。

「なんでも聞いて！　なんでも答えるから！」

「じゃあ、とりあえずスリーサイズ教えて。ついでに体重も」

「そこっ⁉　絶対教えない！　教えるわけがない！」

「嘘つき」

言い合っていると、先ほどの男性店員が私たちの前へとやってきた。

樹君の前には琥珀色をした強そうなお酒を、私の前には桜色をしたお酒をそっと置く。かわいらしい色合いにさっきまでの怒りも忘れ、思わず目を輝かせてしまった。

「乾杯する前にひとつ聞かせて。千花は今、付き合ってる人いるの？」

「いないよ。私に彼氏がいたら、袴田さんと引き合わせようなんて友達も思わないでしょ？」

「そう言われてみれば、そうか」

樹君が小さく息を吐き出し、口元に笑みを浮かべた。

「千花。俺との約束、覚えてる？」

〝約束〟という言葉に、ドキリとしてしまう。グラスを持った手がちょっとだけ震えた。

「誰とも付き合ってないなら、俺ともう一度、付き合ってみる？」

ほんの数秒、時間が止まった。

初めて彼と出会った小学六年の夏から、私はずっと樹君に片想いしていた。

思いが通じたのは、私たちが高校一年生だった時のこと。夏休みの間のほんの一カ月だけ、樹君と私は〝彼氏と彼女〟だった。楽しい夏休みにするためにという彼の軽い提案から始まった一カ月は、私にとってきらきらと輝いた特別な日々となった。

楽しい時間はあっという間に過ぎ、彼が東京に帰る日、私に言った。『また会った時、千花が寂しくひとりでいたら、俺がもう一度付き合ってあげる』と。

小学校の頃から夏休みに毎年来ていたから、私は来年になれば、この地でまた彼に会えると思っていた。また〝彼氏と彼女〟になれると思っていたのに……彼は来なかった。次の年も、その次の年も、樹君は私の前に姿を現さなかった。

あとになって気付かされる。彼が〝来年〟と言わなかったことに。あの夏、ここに来るのが最後だと分かっていて、私を〝彼女〟にしてくれたのかもしれない。

悲しくて、会いたくて、どうしようもなくつらかった。いっぱい涙を流した。彼の存在が、私の中でどれほど大きかったかを、思い知らされた。

しばらく立ち直れなかったけれど……それでも、彼の言葉は私の中で生き続けていた。どれだけ離れ離れになっても、絶対にまたいつか会える。彼と同じ時間を過ごせる時がくる。時間が悲しみを和らげてくれれば、徐々にその気持ちが強くなっていった。

それからも私の心の中にはずっと樹君がいた。だから、彼が素敵な女性と幸せになっている現状を目の当たりにしない限り、彼への思いにピリオドを打つことなんてできない。そう思っていたのに……。

「俺は千花と付き合いたい」

樹君は真剣な顔をしている。冗談ではない。私をからかっているわけでもない。

「前よりももっと真剣に」

彼の言葉のひとつひとつがとっても嬉しい。嬉しくて声をあげたくなるけど、その反面、浮かれ始めた心にストップをかける自分もいる。

今の私を知ったら、昔の方がよかったとか、こんな感じじゃなかったとか、樹君をがっかりさせてしまうかもしれない。樹君がモデルやら華やかな女性が身近にいるような、そんな環境で生きているのだとしたら……私と付き合ったところで、外見も中身も平凡すぎてつまらないと、やめておけばよかったと後悔してしまうかもしれない。

「千花。こっち見て」

彼の言葉に、俯きがちだった視線が自然と上がっていく。目と目がしっかり合った。

「千花ともう一度、恋愛したい」

大きく鼓動が跳ねた。樹君のそのひと言で、抑えていた彼への愛しさが一気に膨らんでいく。私の中にあった余計な感情がすべて飲み込まれていく。

もう一度付き合ってみたい。私も彼と恋愛をしてみたい。

湧き上がってきた気持ちに従うように、私は樹君に向かって……こくりと、頷いた。

「よかった」

彼は軽く息を吐き、無邪気にも見える笑みを浮かべた。

「柄にもなく緊張した」

ちょっぴり照れくさそうに手の甲で口元を隠し、ふてくされた口調でそんなことを言う。

昔からクールで、何事に対しても余裕の顔をしているのに、今この瞬間、私の目の前にいる彼はとってもかわいらしかった。また別な一面を見せられてキュンとする。不可抗力だ。

彼は気持ちを切り替えたのか、すぐに涼しげな表情に戻ってしまった。持ち上げたグラスを、私のグラスに軽く押し当てる。

「これからいろいろと、どうぞよろしく」

触れた部分が小さな音を立て、私の心をも微かに震わせた。

「こ、こ、こちらこそ。よ、よろしくお願い、しま、す」

心の奥でずっと、樹君ともう一度付き合えることを夢見てた。それが現実となったのに、まだ夢の中にいるようである。震える指先から伝わってくるグラスの冷たさだけが、これが現実なのだと教えてくれる。

樹君が苦笑いを浮かべていることに気付き、私は気恥ずかしさを紛らわすべくカクテルを口に含んだ。

「まずは連絡先、教えて」

「……う、うん」

私はすぐさまバッグから携帯を取り出した。樹君もポケットから携帯を取り出し、「ちょっと待って」と小声で囁きかけてくる。

本当に電源を落としていたらしい。真っ暗だった画面が息を吹き返したかのように、明るさを取り戻していく。

「そういえばさっき、食事をするためにこっちに帰ってきたって言ってたけど、千花は今どこに住んでるの？」

「東京に住んでる。そっちで就職したんだ。樹君は？」

「俺も東京……なーんだ。遠距離恋愛してみたかったのに、できないじゃん」

樹君は小悪魔みたいな顔をして、そんなことを言ってきた。

「ご期待に添えられなくて申し訳ありません！　私は今のところ、転職の予定も引っ越しの予定もありません。諦めてください！」

からかわれているのは分かっているのに、ついつい膨れっ面で言い返してしまった。私もまだまだ子供だ。

「まぁいいか。近いんだから、呼んだらすぐ俺のところに来てくれるんでしょ？　そっちの方が便利だよね」

「えっ……私、これからどんな扱いされるの？」

恐る恐る疑問を口にすれば、樹君はにやりと笑い返してきた。

すっかり樹君のペースだ。このままではいけない。私は表情を引き締め、姿勢を正した。

「つまらない用事で、呼び出したりしないでね……私、こう見えてけっこう忙しいんだから」

「自宅の警備で？」

「違うわよ！　AquaNext《アクアネクスト》っていうブランド知ってる？　私、そのショップで働いてるの」

　言いながら、バッグから名刺入れを取り出し、中から一枚引き抜いた。そのまま樹君に差し出したけれど、彼はすぐに受け取ってくれなかった。眉をひそめ、私の名刺を凝視している。

「……樹君、どうかした？」

　彼は私の問いかけに答えぬまま、ゆっくりと手を伸ばしてきた。やっと名刺を受け取ってくれた。長方形の小さな紙をじっと見つめたあと、強張っていた顔に笑みを浮かべ、くくくと笑い出す。

「え？　私の名刺、どこか変？」

「いや。名刺は普通……おもしろいのはそこじゃない」

「じゃあ、なに？」

「秘密」

　なにそれとふてくされながら、私はお酒の入ったグラスを口に運ぶ。

「表参道《おもてさんどう》店ね。俺、そのうち冷やかしに行こうかな」

予想していなかった言葉に、不意打ちをくらう。思わずお酒を吹き出しそうになってしまった。

「……くっ、来るの？」

「来店した時は、その嫌そうな顔じゃなくて、最上級の笑顔でおもてなししてよね」

「善処します」

名刺を見つめながら、樹君はほのかな笑みを浮かべ続け、楽しそうにお酒を飲んでいる。

「ねぇ、樹君はどんな会社で働いてるの？」

グラスを傾けていた彼の手が止まった。ちらりと私に目を向け、少し間を空けてからひと言呟いた。

「……無職」

「うん。嘘だよね。絶対無職じゃないよね」

全力で彼の言葉を否定する。

本人の口から、今日は仕事だったと聞いているし、仕事仲間だというふたりの男性を見てもいる。先ほど樹君と一緒にいた人たちの顔を思い出せば、どんな職種なのかがまた気になってくる。

「今日仕事だったんだよね。持ってるんでしょ？　名刺の一枚くらい」

じいっと樹君の胸ポケットあたりを見つめてみたけれど、彼は私の視線をさらりと無視し、携帯片手ににやりと笑った。

「ほら、酔っぱらう前にしっかり教えといて。連絡先」

私はそれ以上の追及を諦めて、携帯を持ち直す。教えてもらった連絡先を携帯に登録すれば、樹君とこの先も繫がっていられるのだと、実感が湧いてくる。

古い型になりつつあるこの携帯が、彼の番号を登録しただけで、とっても高価な宝物へと変化したような気持ちになっていく。心が弾んでしまう。

お酒を飲み、フィッシュ&チップスを食べて、なにげない会話で樹君と笑い合う。

出会った頃の話とか、ふたりで行った夏祭りの話とか、昔の思い出話はもちろんのこと、樹君が聞きたがるので、私の仕事のこともいろいろ話した。

大学生の頃から、かわいらしい中にも大人っぽさやラグジュアリー感のあるＡｑｕａＮｅｘｔが私の憧れだった。バイトをしてお金を貯め、初めてＡｑｕａＮｅｘｔのバッグを買った時、嬉しくて手が震えた。あの時の喜びは今でも覚えている。

そして今、すべてがキラキラと輝いて見える空間で、私は店員として働いている。

とっても幸せなことだ。

もちろん仕事は甘くない。接客業だから立ち振る舞いや言葉遣いにも神経を使うし、立ち仕事だから体力的にきついし、繁忙期なんて家に帰ってそのままベッドに倒れ込むこともざらにある。それでも自分が勧めたものをお客様が気に入ってくれて、長く愛用してもらえたりすると、とっても嬉しい。

この仕事が大好きである。今の私の生き甲斐だ。

仕事への熱い思いを語っている間も、樹君は途中で興味を失うことも話を遮ることもせず、真摯《しんし》に耳を傾けてくれた。

職種を教えてくれないことに関してブツブツ文句を言ってしまったものの、樹君とのやり取りはとっても楽しかった。彼の隣は居心地がいい。このままいつまでもずっと話をしていたい。

そんなことを思った矢先、私の携帯にメールが入った。母からだった。

【こっちに帰ってきてるの？　家に泊まるなら、そろそろ帰ってきなさい。遅いと寝ちゃうわよ】

気が付けば時刻は夜の十時を過ぎていた。うちの母はそろそろ寝る準備を始める時間でもある。

「しかめっ面してどうしたの？　さっきの眼鏡からメールでも来た？」

「違うよ。お母さんからメール。今日は実家に泊まる予定だったから。もうそろそろ帰ってこいって。私、実家の鍵を持ってないから、起きて待っていないといけないでしょ？　それが苦痛なんだと思う」

母の気持ちも分かるけど、樹君と別れて家に帰らなくちゃいけないのかと思うと、やっぱり寂しい。

「まだまだ話していたかったけど、仕方ないよね。そろそろ私、帰るね」

携帯をバッグに戻していると、樹君に手を掴まれた。

「……もう寝ていいって、メール返したら？」

「えっ、でも。寝てるところ起こすのも悪いし、熟睡してチャイムの音に気付いてもらえなかったりしたら、寝る場所探さなきゃだし」

「寝る場所、あるでしょ」

じっと樹君が私を見つめてくる。綺麗な瞳が熱をはらみ、艶めかしく輝いた。

「俺、今日、ここのホテルに泊まるし」

きゅっと、私の手を掴んでいる彼の手に力がこもった。思考が一時停止する。

「ベッド……俺の隣、空いてるけど？」

それはつまり、樹君とひと晩ベッドを共にするということで……。

彼の言いたいことを察した瞬間、一気に頬が熱くなる。

「……ダメ？」

樹君のねだるような顔と甘えを含んだ声に、狼狽《うろた》えてしまう。彼と触れ合っている部分を意識してしまえば、体温が上昇していく。

私たちは大人であり、こういう流れになることは、たぶん自然なことなのだと思う。でも、数時間前に再会し、付き合うことになったばかりなのだ。自分には男性経験もないから、関係を深めるのはまだ早いんじゃないかと、どうしても不安になる。

樹君の言葉を聞いて、ほんの一瞬、呼吸が止まった。

「離したくない。一緒にいて」

私も離れたくない。一緒にいて、そのまま彼に抱かれることになっても、いい。嫌じゃない。そう思ってしまった。

今夜は樹君と一緒にいる。

そう言葉にしようとした瞬間、今度は樹君の携帯が鳴った。着信音はなかなか鳴りやまない。相手は彼が電話に出ることを望んでいるみたいだ。

樹君はため息をつきつつ携帯を確認して……もう一度ため息をついた。

「ごめん、兄貴だ。ちょっとだけ待ってて」

顔を熱くしたまま こくりと頷き返せば、樹君が電話を受けた。

「なんか用？　くだらないことでかけてきたなら、今すぐ切るけど」

切れ味の鋭い声で、樹君がお兄さんに斬りかかっていく。

樹君のお兄さんってどんな人だろうと思いを巡《めぐ》らせてみたり、電話をかけてきた相手が津口可菜美じゃなかったことにホッとしたり、このあと私たちはどうなるんだろうと頬を赤らめ考えていると、樹君に「千花」と呼びかけられた。

「ごめん。呼び出しくらった。今から兄貴の部屋で、今後の打ち合わせするって」

「打ち合わせ？　仕事の？」

「そう。いろいろ詰めなきゃいけないことあってさ」

「大変だね……で、なんのお仕事？　もうそろそろ教えてよ」

ちょっぴり残念に思ってしまったことを笑顔の裏に隠し再度問いかけてみたけれど、やっぱり樹君は答えをくれなかった。彼はにやりと笑い、携帯を操作し始める。

「俺。休んでるとこ悪いんだけど、車を出してもらえる？　……俺じゃなくて、家まで送ってもらいたい人がいるんだよね……そう……今、ホテルのバーにいる……ありがとう。よろしく」

聞こえた言葉に目を見開いてしまう。

〝家まで送ってもらいたい人〟というのは……もしかして私のことだろうか。

「……え？　……あの……もしかして」

「家までちゃんと送るから」

「だっ、大丈夫だよ。駅前に戻れば、タクシーつかまると思うし」

「俺が大丈夫じゃないの。酒が入った千花を、ひとりふらふら歩かせたくない。危なっかしいし」

「そんなに酔ってないのに」と小声で呟けば、睨まれてしまった。私の〝大丈夫〟は却下らしい。

「それと……これ、俺が預かってもいい？」

ずっとテーブルに寝かされていた私お手製の黒ネコを、樹君が掴み上げた。

「別に構わないけど」

彼の意図が掴めなくて首を傾げると、樹君がそっと黒ネコの頭を撫でた。

「壊れた部分とか、いろいろ直したい……。だってこれ〝俺〟でしょ？」

ずばり言われ、言葉を失う。やっぱり樹君はこのぬいぐるみのことを覚えてくれていたのだ。

そのことに涙が込み上げてくる。

「今すぐは着手できないかもしれないけど、手直しできたら返すから。楽しみにしてて」

嬉しくて、嬉しすぎて、私は樹君の腕にぎゅっとしがみついた。

「ありがとう。楽しみにしてるね」

そっと、樹君の手が私の頬に触れた。視線を上げれば、すぐそこに彼の瞳が見えた。

「慌てて帰らせるお詫びは、必ず東京でするから。すぐに連絡する」

唇と唇が重なった。柔らかくて温かな感触にトクリと鼓動が跳ね、甘い痺れが体の中にじわりと広がっていく。

「千花」と甘く囁いて、樹君が私の額にも優しく口づけを落とした。

笑みを浮かべながら、心に満ちていく幸せを噛みしめていると、樹君が入口の方に向かって軽く手を上げた。

なにげなくそちらを見て、ぎょっとしてしまった。こちらに向かってきていたのは、スーツを着て、鍔《つば》付きの帽子を被った、五十代くらいの男性だった。その格好から想像するのは、運転手である。

「樹様、お待たせいたしました」

「彼女を家まで送り届けて」

「かしこまりました」

男性は樹君へと恭《うやうや》しくお辞儀をし、そして私に笑いかけてきた。

「どうぞこちらへ」

男性が店の入口の方へと手の平を差し向ける。私は椅子から立ち上がったものの、状況が飲み込めずにいた。

樹君を〝樹様〟と言ったこの男性は、まるでお抱えの運転手みたいである。

「ちょ、ちょっと待って……え？　どういうこと？　樹君って何者？」

混乱している私の背中を樹君の手がとんっと押した。その力で、一歩二歩と足が前に進んでいく。

後ろを振り返ると、彼が不敵な笑みを浮かべ、人差し指を唇の前にかざした。

「今は秘密」

やっぱりなにも教えてくれない。

不満と混乱の渦《うず》に飲み込まれそうな私に向かって、樹君が言葉を追加する。

「きっと、もうすぐ分かるから」

今知りたいのはやまやまだけど、樹君がそう言うならきっともうすぐ分かる時がくるのだろう。そう素直に納得してしまう自分がいる。

「樹君、すぐ会えるよね?」

「大丈夫。会えるよ、必ず」

確認するように話しかければ、力強い声が返ってきた。

男性に再び「さぁ、行きましょう」と促され、私はぎこちなく頷き返す。

もう一度樹君を見てから、男性のあとについて歩き出したのだった。

第二章

思いもよらぬ導き合い

「またのご来店をお待ちしております」

ゆっくりとお辞儀をし、店の外で常連のお客様をお見送りしたあと、私はさりげなく通りを見渡した。

もうすぐ正午になろうとしているこの時分に、忙しく働いているだろう樹君が来店するはずなんかない。頭では分かっているのに……ついついその姿を探してしまう。それはもちろん、あの日彼が、『店に冷やかしに行こうかな』と言っていたからだ。

樹君と再会してから一カ月が経とうとしている。

ホテルのバーで彼と別れたあと、車に詳しくない私でも知っている高級外車で自宅前まで送ってもらった。我慢できず『樹君はいったい何者なんですか』と、運転手の男性に聞いてしまったけれど、彼は曖昧に笑うだけで、なにも教えてはくれなかった。

東京に戻り、忙しない日常を送る中、ふとした瞬間に樹君のことを思い出してしまう。そのたび、私はもしかしたらとんでもない人と付き合ってしまったのではないだろうかと、そんな思いに駆られている。

本当に連絡をくれるのか。また会えるのか。本当に私は樹君の彼女になれたのか。実はからかわれただけなんじゃないか。最初はそんな不安もあったけれど、それらはすぐに安堵へとすり替わっていった。

仕事を終えてからメールをすると、夜遅くに樹君からメールが返ってきたり、時間によっては電話がかかってきたりする。声や文字だけではあるけれど、私たちの関係は途切れることなくしっかり続いているのだ。

夜遅くでも会社にいたり、話している途中でも仕事の電話がかかってきたりと、電話越しでも、彼の仕事が多忙を極めていることはしっかり伝わってくる。

それでも、樹君は私のことをおざなりにはせず、ちゃんと気にかけてくれている。大切にしてくれているのがちゃんと伝わってくるから、心はすっかり満たされていた。

……けれど、それが一カ月も経つと、だんだんと彼の顔が見たくなってくる。

単純に彼に会いたいというのはもちろんだけれど、この前のバーでは流されるまま帰宅の途についてしまい、彼にご馳走してもらった形になってしまっているため、今度は私が食事をご馳走したり、直接会ってなにかをしたいのだ。

そろそろ会いたいって、言ってみようかな。

そんなことを考えながら店の中に戻ると、店長に「三枝さん」と呼ばれた。

ショートボブの女性店長が私に向かって手招きし、スタッフルームへと入っていった。呼ばれた理由が分からないまま、私は店内にいるお客様へとすれ違いざまに会釈をし、足早にスタッフルームに向かう。

そっと扉を押し開けると、室内の壁にかけられたホワイトボードと向き合って立つ店長の後ろ姿が見えた。子供が三人もいるとは思えないくらい細身である。

「店長、なにか？」

室内には誰もいない。わざわざ私を呼び出し、なにを言うのだろうか。緊張感が高まり、鼓動がやけに大きく響き出す。

店長が振り返り、にこりと笑った。

「三枝さん、異動が決まったわよ」

「……えっ？　本当ですか？」

ＡｑｕａＮｅｘｔは都内近郊だけでなく、名古屋《なごや》や大阪《おおさか》などの都市圏にも、そして海外にも店舗を持っている。だから異動があることくらい覚悟はしていたけど、このタイミングでとなるとさすがに動揺してしまう。

「あの……どこのお店にですか？」

都内の店舗なら全然問題ないけれど、遠く離れた地へ行くことになれば、樹君と遠距離恋愛になってしまう。

「いいえ。店舗じゃないの」

「えっ？」

「三枝さんは、本社への異動になったのよ」

「ほ、本社ですか？」

まさかの事態に、軽く頭が混乱する。

「この前、社長がうちに視察に来た時のことを覚えてる？」

「はい。確か一カ月くらい前ですよね？」

思い返しながら補足すれば、店長がにこやかに首肯《しゅこう》した。

ＡｑｕａＮｅｘｔの社長は、デザイナーの〝ナツコ マキダ〟として有名な、七十代前半の女性である。ここは本社から比較的近い店舗でもあるので、社長はお付きの人を引きつれて一カ月に一回は足を運ばれる。

いつもなら、店長とのやり取りに笑みを浮かべることはあっても、自分が社長と言葉を交わすことなどほとんどないのだが、なんと前回、私は社長と直接話す機会を得ることとなる。社長から声をかけられ、三十分ほど話をしたのだ。

がちがちに緊張してしまい、話した内容は断片的にしか覚えていないけれど、社長の優しい言葉と穏やかで澄んだ瞳は、強く印象に残っている。

「いつもはね、お客様の目線に立ってディスプレイの良し悪しを確認したり、売り上げを伸ばすための話をしたりしているのだけれど……実はこの前の視察はそれだけじゃなくて、別の意味合いもあったらしいのよ」

「別の意味合い、ですか？」

「従業員を見て回って、本社に秘書として連れていけそうな子を探していたみたい。三枝さん、心当たりない？　本社勤務について、なにか聞かれたりしなかった？」

心当たりは大ありである。本社で働いてみたいかということについても、私は社長から聞かれている。

店員としての仕事も好きだけれど、もっと深く、また違う角度からＡｑｕａＮｅｘｔに関わってみたいという気持ちも少なからず持っていたため、恐れ多くも、本社でいろんな仕事を経験しスキルアップしたいとか、そんなことを言った記憶がある。

そして〝秘書〟についての話もした。大学在学中、資格を取ることに躍起《やっき》になっていた時期があり、その時、秘書技能検定の二級に合格しているから……それも素直に話した。

店長がため息をついた。悲しそうな顔で、わずかに肩を落とす。

「三枝さんを持っていかれるのは店としては痛いけど……一番大変なのは三枝さんよね。仕事もたくさん覚えないといけない上に、上層部が新体制になるからいろいろ大変だと思うし」

手を差し出され、私もすぐにそれに応じる。

「これからも頑張ってね！」

労いの握手に、目頭が熱くなる。正直、突然の人事異動にまだ心は追いついていなくて、驚きや大変なことになったという気持ちでいっぱいだけれど、その反面、頑張らなくちゃという思いも胸の中でしっかりと息づき始めている。

「いろいろ不安です……でも、ありがとうございます！　頑張ります！」

私は店長の手をきゅっと握りしめながら、大きな声でそう返事をした。


正式に告知を受けてから、後輩に引継ぎをしたり、贔屓《ひいき》にしてくださっていたお客様へ異動の挨拶を葉書きにしたためたりと忙しい一週間を送り、そして週が明け、私は本社の初出社日を迎えた。

曇り空の下、街路樹の木々が風にあおられ揺れ動いている。緊張と共に本社に向かって通りを歩いていると、バッグの中に入っていた携帯が振動した。

【今日から本社勤務だよね！　頑張ってね。落ち着いたら絶対連絡してよ！　東京まで例の彼氏見に行くから】

椿からのメールに、口元が綻んだ。

本社への異動が決まったその日の夜、椿から電話があった。

私は彼女に、袴田さんとはレストランで別れたことくらいしかメールで伝えていなかった。だけど、孝介先輩が仕事で袴田さんと会った時に私の文句をぶつけられたらしく、それを孝介先輩から聞いた椿が心配し、慌てて私に電話をしてきたのだ。

私は隠すことなく、あの日あったことを椿に話した。袴田さんと言い合ってしまったことや、できればもう会いたくないということ。ずっと忘れられずにいた元カレと再会し、付き合うことになったことも報告した。

椿は袴田さんのことを私に謝ったあと、樹君との偶然の再会にとっても驚き、そして『おめでとう』と自分のことのように喜んでくれた。『会いに行く、彼氏の顔を見てみたい』と繰り返し言うので、実は異動の内示が出ているという話もして、仕事が落ち着いた頃に会おうと約束をした。

あのあと樹君からも食事に行こうと誘いのメールをもらい、日時や場所を決めようとやり取りを重ねていたけれど、この数日連絡が途絶えてしまっている。私もばたばたしていたし、樹君も忙しいのだろう。異動や椿のことは、会った時に直接顔を見て話せばいいかなという気持ちになってしまっていた。

本社の前に到着し、私は足を止めた。八階建てのビルを見上げれば、不安と緊張が一気に湧き上がってくる。わずかに身を震わせながら、私は唇を引き結んだ。

「初日、頑張るぞ！」

両の拳をぎゅっと握りしめてから、大きく一歩を踏み出した。

ビルの地下一階、それから地上一、二階には店舗やクリニックが入っている。建物の横にある細い路地を奥へと進むと、歩道沿いにあるエントランスとは別に、従業員用の入口が見えてくる。そこからビルの中へと足を踏み入れると、エレベーターの前に同年齢くらいの女性がひとり立っていた。エレベーターが下りてくるのを待っているようだった。

彼女の斜め後ろまで進み、足を止めた。自分と同じようにグレー系のスーツに身を包み、髪を後ろで束ねているのを見て、なんとなく親近感が湧いてしまう。

到着したエレベーターに乗り込み、六階のボタンを押すと、彼女が「あっ」と小さな声をあげた。

「もしかして、ＡｑｕａＮｅｘｔの方ですか？」

続けて、弾んだ声でそんなことを問いかけられた。

このビルの三階から五階には様々な業種の会社が入っているけれど、六階より上はＡｑｕａＮｅｘｔだけだ。

私は彼女と向き合い、笑みを返した。

「はい。そうです……あっ、何階ですか？」

上昇し始めてしまったため慌てて行き先の階を聞くと、女性はニコニコ顔のまま首を横に振った。

「私も六階です！　今日から本社勤務なんです！　星森亜紀《ほしもりあき》といいます。これからよろしくお願いいたします！」

勢いよく頭を下げられてしまい、私はすぐに両手を振って否定する。

「あのっ、待って待って……私もね、実は今日からなの。先週まで表参道店で働いていました」

「嘘っ！　私も北千住《きたせんじゅ》店で働いてたの！　もしかして、新人秘書仲間？」

「そういうこと……だよね？　三枝千花です。よろしくお願いします」

異動が言い渡されたのは自分だけじゃなかった。彼女も一緒だ。そうと分かれば、先ほど覚えた親近感に、仲間としての連帯感もプラスされていく。

「緊張しちゃうね」

六階に到着し、隣に並んだ星森さんに小声で話しかけた。お互い顔を見合わせ、笑みを浮かべてから、私たちはエレベーターをそろって降りた。

観葉植物の置かれた廊下を進めば、すぐにガラス壁の仕切りが現れる。その向こうには、受付で電話を受けている女性の姿があった。

私たちが戸口をくぐり、受付前へと進み出るよりも先に、受付の女性は電話を終えて立ち上がった。緊張しながらそれぞれに自分の名を名乗ると、すぐに受付の女性は華やかな笑みを浮かべ、再び受話器を手に取った。

初日の今日は朝九時三十分に出社し、まずは社長秘書の宝《たから》さんという方と話をすることになっている。星森さんも同じだろうかと隣を見れば、彼女は受付カウンターの背後の壁に飾られている社名看板を、目を輝かせて見つめていた。

透明のアクリル板に流れるような文字で【ＡｑｕａＮｅｘｔ】と書かれている。シンプルだけどとてもカッコいい。学生の頃に抱いていた、このブランドへの憧れの気持ちが、心の中に色濃く蘇ってくる。

私も一緒になって見惚れてしまっていると、年配の男性がゆったりとした足取りで歩み寄ってきた。

「社長秘書の宝です。三枝さんと星森さんですね。社長がお待ちですのでこちらへ」

軽い微笑みと共に出た言葉に私は慌てて姿勢を正し、「はい！」と返事をする。

受付から、ずらりとデスクが並ぶ部屋へと入り、静かに仕事をしている人々を横目で見ながら通路を奥へと進んでいく。

宝さんが足を止め、重厚な扉をノックした。そこには【社長室】というプレートがつけられていた。

すぐに部屋の中から「はい」と柔らかい声が返ってきて、宝さんの手によって戸が開けられる。「どうぞ中へ」と言われ、緊張しながら社長室内へと足を踏み入れた。

窓際に置かれた観葉植物に水をあげていたマキダ社長が手を止める。そして、さっとそばに控えた宝さんへと水差しを預け渡した。

「急な人事異動、申し訳なかったわね」

年齢を感じさせないほど素早い足取りで、社長が私たちの前にやってくる。

「これからは時代に合った事業展開も必要だから、新鮮な若い力をもっと取り入れるべきだと思ってね、私はあなたたちにお願いすることにしたのよ……。宝、あの子たちを呼んできてちょうだい」

宝さんは「かしこまりました」と明瞭に返事をすると、私の近くにあるサイドテーブルに水差しを置いた。

身を翻した宝さんと、ばちりと目が合えば、その瞳が光を湛《たた》えた。優しく笑いかけてくれた……というよりは、おもしろがっているような、そんな色合いが含まれている。

ふと疑問を感じたけれど、それをこの場で言葉にすることは憚《はばか》られた。

社長室から出ていく宝さんの姿を目で追いかけながら、私は少し考え込む。

今の微笑みはなんだろうという疑問が浮かび、それから宝さんをどこかで見かけているような、そんな既視感にも囚われてしまった。

微笑みの意味は、まったく見当がつかない。けれど既視感の方は、社長の店舗視察に宝さんも秘書としてついてきていたと考えれば解決する。私の記憶に色濃く残っていなかっただけだろう。

「ふたりとも、来月から新体制になるのは把握しているわよね？」

マキダ社長の声が静かな室内に響き、私と星森さんの「はい」という返事が重なり合った。

「ふたりの孫に任せて、私は会長の座に退くことになってはいるけれど、目の黒いうちはまだまだ口を出すつもりでいるのよ」

社長はふふふと笑った。たぶんそのふたりのお孫さんのことを思い浮かべたのだろう。社長らしい凛とした表情から、お祖母ちゃんのような柔らかな顔つきになった。

「宝がこれから、あなたたちを指導することになっています。ゆくゆくは社長、または副社長の秘書として働いてもらいます。頑張ってちょうだいね」

再び私たちの返事が重なり合った。身が引き締まる思いである。

「宝は私の秘書ではあるけれど、最近は、孫ふたりのスケジュール管理もし、行動も共にしています。今後しばらく、その状態のままでいきますから、宝からたくさん学びなさい。優秀な男ですよ」

ところどころ、マキダ社長の言葉が頭の中に浮かび上がってくる。

宝さん。社長のふたりの孫。一緒に行動……。

ふっと思い出してしまったのは、地元のホテルで樹君と再会した時のことだった。

樹君は、眼鏡をかけた男性と、年配の男性と一緒だった。

ぼんやりと思いを巡らせ、ドキリとした。年配の男性が宝さんに似ていたような気がしたのだ。はっきりと顔を思い出せないから、断言はできないけれど、記憶の中にあるぼんやりとしたその姿が、宝さんと似通っている。

似ている気はするけど……そんなはずがない。そんなわけがない。

自分の妄想に小さく首を振った時、ドアがノックされた。

「失礼します」

社長室に入ってきたふたりの男性の姿を見て、口が半開きになってしまった。妄想が現実へと変わっていく。

「こちらに来てちょうだい。紹介するわ」

隣に並んだ眼鏡をかけた男性へと、マキダ社長が手を差し向ける。

「次期社長の藤城翼《つばさ》と……」

次期社長と紹介されたその男性が軽く頭を下げる。私もとっさに頭を下げ返した。

続けて、社長の手が次期社長の横につけた男性へと伸びていく。

「同じく次期副社長の、藤城樹よ」

紹介された次期副社長……樹君が顔を上げた。

彼の視線がこちらへとゆっくり移動してきて、しっかりと目が合った。

私たちは驚きに目を見開いたまま、少しの間、見つめ合ってしまった。

副社長として、秘書として

突然の樹君の登場に混乱している私をよそに、マキダ社長の言葉は続く。

「ふたりは兄弟でね、翼が兄で樹が弟なのよ。三十一歳と二十八歳のまだ若いふたりではあるけれど、私が自分の跡を任せられると思えるくらいに、彼らはいいものを持っているわ」

次期社長である眼鏡の男性のことは、はっきり覚えている。あの夜会った人だ。ということは、一緒にいたのが宝さんだということも間違いないと思う。それならば、先ほど向けられた微笑みの意味も分かった気がした。

そして、いくら聞いても樹君が自分の職業を教えてくれなかった理由も、なんとなく見えてきた。私が先にＡｑｕａＮｅｘｔの社員だと分かったから、すんなり身分を明かさない方がおもしろいとでも考えたのだろう。

樹君がマキダ社長のお孫さんだった。そして、もうすぐＡｑｕａＮｅｘｔの副社長になる。

素性がすごすぎて、平凡な自分とは世界が違いすぎて、彼を遠くに感じてしまう。

ちくりと胸が痛み出した。

先に我に返った樹君が、いつもと変わらぬ涼やかな顔を、社長へと向けた。

「社長、このふたりは？」

「あなたたちの秘書よ」

樹君はほんの一瞬きょとんとした顔をしたけれど、すぐに視線を落とし、わずかに肩を揺らしてから、にやりと笑った。

「秘書、ね」

小さな声だったけど、彼がそう言ったのが、私にははっきりと聞こえた。

私はまだ驚きと戸惑いから抜け出せないというのに、彼はそこから脱し、状況を楽しんでいるみたいだった。

「……そうね。ふたりとも彼らに自己紹介してもらえる？」

顎に手をやり考える仕草をしながら、マキダ社長がそう求めてきた。星森さんと顔を見合わせてから、私は一歩前に出た。

「表参道店から来ました三枝千花です」

その場にいる全員が私をじっと見つめている。ドキドキと緊張で鼓動が速くなっていく。

真っ白になりつつある頭の中で、どう続けようか考えたけど、すぐに浮かんでこなかった。言葉が途切れてしまう。

焦りながら、視線を彷徨わせれば、樹君とまた目が合った。力強く輝く瞳が、柔らかく細められた。

大丈夫。

そんな風に言われたような気がした。私は息を吸い込み、気持ちを立て直す。

「表参道店では五年勤務しておりました。秘書の仕事は初めてではありますが、日々勉強し、一日でも早くサポート役として力になれるように頑張ります。よろしくお願いいたします」

なんとか止まることなく言い切って、私は深く頭を下げた。緊張で上昇した体温にのぼせそうになりながら顔を上げると、「こちらこそ、よろしく」と樹君がタイミングよく返してくれた。ホッとし、私は一歩下がる。

入れ替わるように星森さんが前に出て、自己紹介を始めた。私と違って淀むことなく言葉が流れていく。緊張していないみたいだ。羨ましい。

緊張が解ければ、周りの様子が見えてくる。マキダ社長も藤城次期社長も宝さんも、今は星森さんへと視線を向けていて、時折頷きながら彼女の言葉に耳を傾けている。

けれど、次期副社長は……樹君は、そうではなかった。星森さんの話に関心を示すことなく、口元に微かな笑みを湛えたまま、じっと私だけを見ていた。

そのあとは、宝さんと共に来客の対応したり、下請けに確認の連絡をしたり、会議の準備をしたりと、あっという間に時間が過ぎていった。

午後からの会議に宝さんが同席しているため、私と星森さんは、週末にある商談のための資料を作成してから、大量に届いている手紙のチェックをしていた。社長室と副社長室の間にある秘書室でもくもくと作業をこなしていると、星森さんが小さく息を吐いた。

「疲れた……よね？」

声をかけると、星森さんがこちらに顔を向け、苦笑いをした。

「ずっと緊張してたから、疲れたかも」

自分と違い、星森さんが緊張しているようにはあまり見えなかったので、ちょっぴり驚いてしまう。

「私もだよ。たぶん家に帰ってから、ぐったりすると思う」

自嘲《じちょう》気味に笑いかけてから、私は自分の手元に視線を落とし、作業を再開する。

マキダ社長宛ての封筒を手に取った。

今は宝さんと離れ、事務的な作業をこなしているだけだけど、秘書という立ち位置に慣れないせいか、私はまだちょっと緊張を引きずっている。だけど嫌じゃない。久しぶりの心地いい緊張感だ。

「頑張って早く慣れなきゃだし、いろいろ勉強もしないとなぁ」

ぽつりと呟かれた星森さんの言葉に、「確かに」と囁き返す。

この前、本屋で秘書に関する本を三冊ほど買ったけれど、まだ一冊目の途中までしか読み進めていない。秘書検定のために買ったテキストが実家に残っているはずだ。それらを自宅に送ってもらい、おさらいする気持ちで取り組んでみてもいいかもしれない。

少し余裕が出てきたら、秘書検定の準一級や一級も目指して頑張ってみようかな。秘書としてスキルアップしたい。少しでも早く、大好きなＡｑｕａＮｅｘｔの最前線に立っている人たちの役に立てるようになりたいのだ。

社長付秘書になるのか、副社長付秘書になるのか、今の段階でははっきり知らされていない。私情を挟めば、樹君をサポートできたら幸せだなんて思ってしまうけど、これは仕事だ。どちらについたとしても、思いは変わらない。

次の封筒に手を伸ばした時、星森さんがふふっと小さく笑った。

「兄弟そろってイケメンで、テンション上がっちゃいました」

「兄弟って……藤城次期社長と次期副社長のこと？」

「そうです。次期副社長なんて特に、クールな感じがカッコいいです。キュンとしちゃいます」

開封しようとしていた手が思わず止まる。

「……うっ、うん。カッコいいよね」

「彼女いるのかなぁ。あんなにイケメンだもん、いるよねきっと。どんな人と付き合ってるんだろう。あぁっ、気になるっ！」

樹君と付き合ってるのは私です……なんて簡単に言えるはずもない。話を続けたら墓穴を掘ってしまいそうな気がして、私は黙り込んだ。

「しばらくふたりとも海外支社にいたみたいだから、そっちに恋人がいてもおかしくないよね……。あぁ、でもその前はずっと日本にいたんだし、海外にいる間、ずっと遠距離恋愛してた可能性もあるよね……。恋人いるのかなぁ。すごい気になるなぁ」

想像を膨らませながら樹君の彼女の有無を気にしている星森さんの傍らで、私は気まずさで固まってしまう。

作業に集中するべく、気持ちを切り替えようとした時、がちゃりとドアが開いた。

「お疲れ様です」

宝さんが優雅な足取りで室内に入ってくる。

助かったと思いながら、私は元気よく「お疲れ様です！」と言葉を返した。

進捗状況を確認しながら、私たちの後ろを行ったり来たりしたあと、宝さんが次の指示を出す。

「どちらかひとりで配達物のチェックをお願いします。配達物を分類できましたらそれぞれに届けてください。もうひとりは会議室の片付けを。各自終わりましたら、私のところに来てください。確認し仕事がなさそうでしたら、今日の業務は終わりとなります」

星森さんが手元の封筒たちに視線を落とし、訴えかけるようにじっと私を見つめてきた。

配達物はマキダ社長宛てのものがほとんどだけれど、藤城兄弟の分もいくつか混ざっている。さっきまであんなに気になると騒いでいたのだ。彼女はこのまま配達物のチェックを続けたいのだろう。樹君に渡しに行った時に気になっていることを聞き出したいとか、そんなことを考えているのかもしれない。

自分に向けられる彼女の視線の意味をそんな風に読み取り、私はゆっくりと椅子から立ち上がった。

「私、会議室の片付けに行きます。これも一緒にお願いします」

まだ未開封の郵便物を手に取り、星森さんのもとへと進んでいけば、彼女は瞳を輝かせ、にっこりと笑った。私の考えは当たりだったようだ。

まずは未開封のもの、それから重要だと思うもの、最後にダイレクトメールなどを順番に手渡してから、「行ってきます」のひと言と、樹君の彼女としての複雑な気持ちをその場に残して、私は部屋を出た。

エレベーターを使い、六階から七階へ上がる。七階には会議室が四部屋と、打ち合わせ用に丸テーブルや椅子が置かれたスペースがある。

今日の午後の会議は、四部屋の中で一番広い会議室Aで行われた。打ち合わせエリアを抜けてすぐの場所にその部屋はある。

進んでいくと、開かれていたドアから藤城次期社長が出てきた。私はすぐに頭を下げた。

「お疲れ様です」

「ありがとう」

通り過ぎていくだろうと思って、そのまま頭を下げていたけれど、視界に入り込んだ革靴のつま先が、ぴたりと停止した。動かない。

目の前で足を止められ、ぎこちなく顔を上げると、次期社長がにこりと笑いかけてきた。

「三枝さんだったよね」

「はい」

「お疲れ様。初日どうだった？　これから大変な時もあると思うけど、挫けず頑張ってください」

「ありがとうございます。頑張ります！」

温かい言葉が嬉しくて笑顔で答えると、次期社長がわずかに眉根を寄せ、私を見つめ返してきた。数秒黙り込んだあと、その口元に笑みを浮かべる。

「ごめん。引き止めちゃったかな。会議室の片付けで来たんだよね？　よろしく」

真剣な顔をしていたのに、急におどけた口調でそう切り出してきた。私はぎこちなく、頷き返す。

「はい……で、では……失礼いたします」

軽く手まで振ってくれている次期社長にお辞儀をし、私は会議室へと進み出す。軽くノックをし、声をかけてから、室内に足を踏み入れた。

並べられた会議テーブルの上に飲み終えたカップがポツポツと置かれているのを流し見て……部屋の奥に人影があることに気が付き、動きを止める。

すらりと長い身体を屈めて、机上に片手を突き、手元に広げ置かれた資料に視線を落としている。パラリと紙がめくれる音が微かに響いた。

「……樹君」

思わず名を呼べば、樹君が顔を上げた。その綺麗な瞳で私を捉え、口角をにやりと上げる。

「五分だけ、休憩しようかな」

腕時計で時間を確認してから、彼はそんなことを呟いた。そして姿勢を正し、肩周りをほぐすように、腕を伸ばし出す。

「あぁ。疲れた」

「お疲れ様、です」

気安く話しかけそうになり、慌てて言葉を付け加えた。

彼は副社長になる人で、私はただの秘書。仕事中は絶対にそのことを忘れちゃいけない。

仕事をしよう。気持ちを切り替えて、私は再び室内を見回した。

テーブルも会議に合わせて移動してあるし、椅子も乱れている。まずはテーブルの上に乗っている使用済みのカップたちを回収するべく、壁際にある簡易テーブルの上のトレーを掴み取り、手近の会議テーブルに進んでいく。

トレーにカップを乗せていると、そっと後ろから抱きしめられた。

「千花」

甘い声にトクリと鼓動が跳ねた。

「いっ、樹君……あっ、違う。藤城次期副社長……その、こういうことは……やめた方が……だって、仕事中ですし」

きっちり線引きすべきだと訴えかけようとしたけれど、上手くいかない。

抱きしめる力加減、背中から伝わってくる逞しさ、包み込んでくる体温。耳をくすぐる彼の微かな笑い声、息遣い、そのすべてが私の鼓動を速め、身体を熱くさせていく。冷静でいられなくて、敬語を使いたいのに口調がごちゃごちゃになってしまう。

「仕事中？　違う。さっき言ったでしょ、五分休憩するって。だから俺、今、休憩中」

「いっ、樹君は休憩中だとしても、私は仕事中です！」

「千花は気にしないでそのまま片付けしてて。俺も気にせず休憩するから」

「こっ、この体勢だと、動けませんっ！　離れてくださいっ！」

強引に樹君の腕を払いのけると、彼が背後で「ちぇっ」と呟いた。

「っつーか、すごいびっくりしたんだけど。本社に異動するって、ひと言教えてくれてもよかったのに」

肩越しに後ろを見る。樹君が椅子を引き寄せて、背もたれを前にして座り、拗ねているような顔で私を見上げてきた。ちょっぴりかわいい。

「今度会うから、その時言えばいいかなって思ってたの、ごめんね……って、教えてくれてもよかったのには私の台詞だからね。私は樹君以上に驚いてるんだからね」

「だってあの時、千花が言ってたじゃん。副社長って言葉もう聞きたくないって」

うっと声が詰まった。確かにあの時、袴田さんのことで副社長がなんたらと文句を言っていた気がする。

「どのタイミングで言おうか考えてたのに、言う前にバレた……。でもまぁ、千花の魂抜けたような顔が見れたからいいや。けっこう満足」

「それはよろしゅうございましたね」

頬を引きつらせつつ、私はカップを片付けていく。

テーブルを渡り歩きながら彼の視線を感じ、ちらりと目を向けると、彼は背もたれに肘をつき頬杖をついて、やっぱり私を見ていた。

片付けという簡単なことをしているだけなのに、思わず力が入ってしまう。見られていると変に緊張してしまう。

カップでいっぱいにしたトレーを持ち上げ、ゆっくりと簡易テーブルに戻りながら、私はぽつりと話しかけた。

「ずっと忙しそうだなって思ってたんだ……だけど、樹君の忙しさはこれからが本番なんだよね。もっともっと忙しくなるんだよね」

トレーをテーブルにそっと置き、代わりに台拭きを掴み取る。

「私、もっともっとスキルアップするから！　いつか宝さんみたいな秘書になれるように頑張るから！　しっかりサポートできる秘書になるから！　だから樹君も頑張ってね！」

台拭きを握りしめ、つい熱くなってしまった。気恥ずかしさをごまかすようにムキになってテーブルを拭いていると、視界の端っこで樹君が立ち上がったのが見えた。

「そろそろ仕事に戻ろうかな」

「今日はまだまだ仕事終わらなさそう？」

「久しぶりに会ったから、食事にでも行きたいところだけど……もうちょっと、仕事片付けておきたいんだよね」

「今度約束してるから、その時まで大人しく待ってる。頑張ってね」

テーブルを拭き、ふふっと笑って言葉を返すと、樹君が歩き出した。そのまま会議室を出ていくと思っていたのに、彼がすぐ後ろから「千花」と囁きかけてきた。

完全に不意をつかれてしまった。しかもまた抱きしめられ、びっくりして変な叫び声もあげてしまった。

樹君が深く息を吐いた。きつく私を抱きしめてくる。

文句を言おうと思ったけど、疲れているのが伝わってきて、なにも言えなくなってしまった。

彼が動き出すまで、腕の中に収まっていよう。そう思い、私を抱きしめているその腕に、そっと片手を添えた瞬間、樹君が笑った。

「仕事に戻る前にキスしていい？」

「しっ、しない！　私は仕事中だってば！」

樹君の腕の中から出ようともがいていると、突然、「やっぱりなぁ」と別の声が聞こえてきた。

ハッとし戸口に顔を向けると、そこには藤城次期社長が……樹君のお兄さんが立っていた。

〝なぜそこに？〟から〝いつからそこに？〟へと疑問が変わっていく。

会議室に入る前に彼と会っていることを思い出せば、樹君とのやり取りを最初から見られていたかも……と頭から血の気が引いていく。

やましいことはなんにもしていないけれど、実際、樹君にはしっかり抱きしめられている状態なわけで、なにを言っても苦しい言い訳にしか聞こえないだろう。

「俺、君のこと見たことあるよね？」

納得するように頷くと同時に、樹君のお兄さんがこちらに向かって歩いてくる。

続けて、私の地元である地名と、あの日会ったホテル名を告げ、ついでに〝レストランの前で樹が口説いてた子〟ということまで事細かに事実を並べていく。言い逃れなんかできない。

「ふたりともどういう関係なのかな？　隠さず教えてもらえる？　場合によっては、三枝さんを秘書から外すよ？」

私たちの前で足を止めた樹君のお兄さんが、厳しい眼差しを向けてくる。

秘書から外されるのは嫌だ。私はこのまま仕事を続けたい。

行く末の不安と恐怖で足が竦んだ時、きゅっと、私を包み込む腕に力が込められた。

「関係？　恋人だけど？」

〝恋人だけど、なにか文句ある？〟みたいな口調で、樹君がお兄さんに鋭い視線を返している。

「お前に恋人？　初耳だな」

「そりゃそうだよね。わざわざ報告なんてしないし」

「普通だったら兄としておめでとうと言ってやりたいとこだけど……厳しいこと言わせてもらうよ」

樹君のお兄さんがすっと息を吸い込んだ。

「樹、中途半端な気持ちでこの仕事を続けていくつもりなら、辞めてくれ」

突然の宣告に狼狽えてしまう。固唾《かたず》の呑《の》んで、私は樹君のお兄さんを見つめた。

「ＡｑｕａＮｅｘｔの次期副社長っていう身分をちらつかせれば、女はいくらでも寄ってくる。お前も大人だ、自己責任で遊べばいい。けどそれは会社の外でだ。会社の中に持ち込むな。この先、お祖母さんの思いの詰まったこの会社を守っていかなくちゃいけないんだ。俺は仕事そっちのけで女と遊んでるような片腕はいらない」

もしかして自分が秘書としてそばにいることが、彼にとってマイナスになってしまうということだろうか。そう考えると心が冷えていく。

樹君が腕を解き、そっと私の前に出た。お兄さんと睨み合っている。あからさまな臨戦態勢に、ハラハラしてしまう。

「確かに今、俺は千花をからかって遊んでたけど、仕事をそっちのけにしてるつもりなんてこれっぽっちもない」

樹君が一生懸命頑張っていることはここ一カ月常に感じていたことだ。

それを訴えたいけれど、私が口を挟めるような空気ではなかった。ただ成り行きを見守ることしかできなくて、それが歯がゆかった。

「いつから付き合ってたんだ……。まさかお前、お祖母さんを上手く言いくるめて、彼女を秘書に指名させたわけじゃないだろうな」

「ふざけたこと言わないでくれる？　ばあさんが千花を気に入ったから彼女を秘書に指名した。千花も前向きな気持ちでここにいる。もちろん俺は、そのどちらの意志にも関わってない。千花がばあさんの御眼鏡にかなってここにいるんだってことは、はっきりさせておく」

「……まぁ、そうか。悪い、言葉が過ぎた。いくらお前がかわいくて仕方なくても、仕事に対しては別だよな。あのばあさんに限って、それはないか」

樹君のお兄さんが、遠くを見つめながらぽりぽりと後頭部をかいた。

樹君は追い打ちをかけるように言葉を続ける。

「ついでに言うと、千花は俺がここの関係者だってことも知らなかった。彼女が肩書じゃなく純粋な気持ちで俺と付き合ってるってことも、はっきり言っとく。今すぐ理解して」

弟の言葉を聞いて、樹君のお兄さんは気まずそうに私を見た。気まずさが伝染してきて、私も俯いてしまう。

ひとつ息を吐き出して、お兄さんが場の空気を変える。挑むような眼差しを樹君に向けた。

「うちは社内恋愛禁止ではないけれど、俺たちはそうも言ってられないだろ？ 背負ってる重みが違うんだ。さっきみたいにいちゃいちゃして、彼女にうつつを抜かしているようではダメだ。しかも秘書とは四六時中一緒にいるんだ。ずっとあんな調子で……」

私たちのさっきの光景を思い出してしまったらしく、お兄さんは顔をしかめた。

樹君はお兄さんのそんな表情に怯むことなく、厳しく言い返す。

「仕事中にそんなことするわけないでしょ？ 逆に俺は必死になるけどね。彼女がそばにいるからこそ、男としてカッコ悪いところなんか絶対見せられないから」

〝仕事中〟というワードを、樹君は強調している。さっきも〝休憩中〟と言って私を抱きしめてきた。彼の中では〝仕事中はしないけど、休憩中なら話は別〟ということになっているのかもしれない。

「やっぱり彼女を秘書から外してもらった方がいいんじゃないか？　他の社員たちの手前……」

「ちょっと待ってください！」

秘書から外されると思った瞬間、黙っていられなくなった。私は大きく声をあげる。

「お願いです！　秘書を続けさせてください！」

樹君の隣に並び出て訴えかけると、彼のお兄さんが眼鏡の奥にある瞳を大きくさせた。突然私が割り込んでいったから驚いたのだろう。

室内は静まり返っている。そして、ふたりとも黙って私を見ている。

言葉を続けないといけない気がして、私は覚悟を決めた。勇気を振り絞るように、ぎゅっと拳を握りしめる。

「たくさん経験したいんです。店員の目線からだけじゃなくて、もっと深い場所からもＡｑｕａＮｅｘｔを知りたくて。関わりたくて……。最前線にいるおふたりの力になりたいんです」

途中で少しだけ言葉を詰まらせながらも、自分の思いをぶつけたけれど、すぐに相手は来月社長になる人だったと我に返り、肝を冷やした。速攻で頭を下げる。

「……あの……出すぎた口を利いてしまい、申し訳ありませんでした」

「……三枝さん」

樹君のお兄さんがぽつりと呟く声が聞こえた。

それでも頭を下げ続けていると、私の肩に手が乗せられた。樹君の手だった。

彼の温かさに、強張っていた心が、ゆっくりと落ち着きを取り戻していく。

私はやっと顔を上げ、目の前に立つお兄さんの目をしっかりと見た。まだ完全に納得できていないような、わだかまりがあるような、そんな顔をしている。

黙ったまま見つめ合っていると、隣の樹君が小さくため息をつく。今度は樹君へと視線が集中する。

「千花は本当にＡｑｕａＮｅｘｔを大切に思ってる。だから恋人のそばで働くことになったとしても、中途半端な仕事は絶対しない。俺たちに全力で応えてくれると思ってる」

樹君が私に笑いかけてきた。いつもの笑みとは違う、手と同じ温かさがじわりと伝わってくる。

かけてくれた言葉がとっても嬉しくて、ちょっぴり目頭が熱くなってしまった。

「千花を秘書に選んだのは現社長の意志なんだから、兄さんがその跡を引き継いで俺たちの働きっぷりを見てから、社長として判断すればいい。それからだって遅くないでしょ？」

頑張りたい。彼の期待にちゃんと応えたい。話をなかったことにしないでほしい。

思いを込めて、改めて私は樹君のお兄さんを見つめた。お兄さんも真剣な顔で見つめ返してくる。

樹君は腕時計で時刻を確認すると、話を切り上げるように「さてと」とひと声発した。

「休憩終わり……。しっかり会議室片付けておいてよね、三枝さん」

そして私ににやりと笑いかけてから歩き出す。

「兄さんも早く仕事に戻りなよ」

ついでのように、お兄さんにもひと言声をかけ、軽く手を振って会議室を出ていった。

〝千花〟ではなく〝三枝さん〟と私を呼んだのは、次期副社長という立場である彼なりの一線の引き方なのかもしれない。私も気持ちを切り替えよう。

樹君のお兄さんに向かって一礼してから、会議室の片付けを再開する。

弟を追うように会議室から出ていく足音を聞きながら、私は力を込めてテーブルを拭いた。


宝さんに仕事を教わり、充実した毎日があっという間に過ぎていく。

月が変わり、二回目の日曜日。私たちはついにこの日を迎えることとなる。

今日、ＡｑｕａＮｅｘｔに、会長、社長、副社長が新たに誕生する。

そして今、都内某所にある高級ホテル内の宴会場では、三者の就任披露パーティが大々的に行われている。株主や顧客、政界や芸能界などで活躍しているセレブな人々、取引先や提携先の企業の社長など出席者は三百人を優に超えていた。

新会長から、新社長、そして新副社長の挨拶が終わり、会場は今、歓談ムードだ。名刺を交換する姿がちらほら見える中、今日の主役である三人もそれぞれ話に花を咲かせている。

私は宝さんと星森さんと共に檀上近くの壁際に並び立ち……華やかな人々に囲まれている樹君を見つめていた。

マキダ会長のスピーチは和やかだった。落ち着き払った語り口で貫禄を感じさせつつも、孫ふたりに対する厳しい言葉を織り交ぜて笑いを起こしていた。

藤城社長は少し緊張していたようだった。出だしこそ言葉がたどたどしくなったりもしていたけれど、しかしスピーチが進むにつれ、生き生きと頼もしさを感じさせる顔つきになっていった。

そして副社長である樹君。彼もまた会長同様、堂々としていた。涼しい顔で壇上に上がり、澄んだ瞳を来客へと向け、微かに……口元に笑みを浮かべた。瞳の奥の力強さが少しだけ好戦的にも見えるのに、生意気というよりも魅力的に感じさせてしまうところは、やっぱり樹君である。

祖母から経営理念だけでなく、ＡｑｕａＮｅｘｔへの思いや願いをも引き継ぎ、社長である兄と共に力を尽くしていくこと。それから社員と共に成長していきたいと、力強い口調でスピーチをした。

壇上の樹君は自信に満ち溢れていた。とっても輝いて見えた。彼のカリスマ性に目を奪われていたゲストも多かったし、私も改めて素敵な人だなと思わされた。

けれど、副社長としての彼を見せつけられたことで、凡人の自分との違いを思い知らされたことも確かだった。

彼を遠い存在に感じてしまった。少しだけ寂しく感じてしまった。

秘書として、もっともっと頑張らないと、ついていくこともままならないのじゃないかという不安。そして恋人としても自分は不釣り合いに思えて仕方がなかった。樹君にはもっと、それこそこのパーティに出席している大企業の御令嬢たちの方がふさわしいんじゃないかと……自分がちっぽけに思えてしまった。

「副社長、カッコいい」

聞こえた言葉に、私は思わず息をのんだ。

隣に立っている星森さんが、うっとりとした顔で樹君を見つめていた。彼女の向こうに立つ宝さんにもその声が聞こえたみたいで、目を丸くして彼女を見下ろしている。その視線がこちらへ向けられ、私は気まずさを覚えながら顔を逸らす。

複雑な気持ちでいると、大勢の輪の中にいる樹君と目が合った。にやりと笑いかけてくる。

どうしようもなく込み上げてくる彼への愛しさと、それに比例して膨らんでいく寂しさが、胸を苦しくさせる。

私は笑みを返すこともできないまま、ただ彼を見つめ返していた。

冷たささえも愛おしい

「お気をつけてお帰りくださいませ」

エレベーターの扉がゆっくり閉じていく。箱の中にいる男性ふたりに向かって、私は深くお辞儀をした。来客のお見送りである。

完全に扉が閉じてから、私は上半身を起こし、短く息を吐き出した。それから足早にオフィス内の応接室へと戻ると、ちょうどそこから樹君が、続けて藤城社長とマキダ会長が出てきた。三人はその場で足を止め、なにやら話し込んでいる。近づいていくと、手元の書類に視線を落としていた樹君が顔を上げ、その瞳で私を捉えた。

「俺、戻ります」

私から視線を外した彼が、会長と社長にそう言ったのが聞こえてきた。再び彼は私を見て、副社長室の方向を指さした。そのまま彼自身もそちらに向かって歩き出す。

樹君の指示に黙って頷き、私はほんの数秒足を止める。私に気付き笑みを浮かべてくれた会長と、気付いているけど真顔のままの社長に向かって軽く頭を下げてから、私は樹君を追いかけた。

大きな背中に追いついた瞬間、彼が口火を切る。

「来月の中旬くらいに出張入れたいからスケジュールの調整よろしく。あと、今月末までに集めてもらいたいデータがあるんだけど……」

彼との歩幅の差を埋めるべく、小走りになりながら追いかけていたけれど、急に彼が足を止めたため、私は慌てて急停止する。

「……あっ、もうこんな時間か」

オフィスの中でお弁当を食べていたり、コーヒーを飲みながら楽しそうに笑う女性社員たちの姿を見て、彼がぽつりと呟いた。

「今の話の続きは休憩のあとで」

「はい。分かりました」

再び私たちは歩き出す。秘書室の前で足を止めてなんとなく横を見ると、ちょうど副社長室のドアに手をかけようとしていた彼も動きを止めた。同じように私へと顔を向け、見つめ合ったまま数秒後、彼が声を潜めて私に問いかけてきた。

「このあとの斎河商事《さいかわしょうじ》との約束だけど……結局、会食はなしになったんだよね？」

「はい」

こくりと頷き返すと、彼がにやりと笑った。なにかを企んでいるような笑みに、ドキリとしてしまう。副社長の顔というよりも、樹君らしい表情だったからだ。

「だったらさ……」

潜め声で続くのが、私の彼氏としての言葉だと分かれば、頬が熱くなっていく。なぜか緊張してしまう。

息を詰めてその先の言葉を待っていると、突然、秘書室のドアが勢いよく開かれた。

私はそれを避けきれず、思い切り顔をぶつけてしまった。

顔を両手で押さえ、苦悶の声をあげていると、星森さんの声が聞こえてきた。

「えっ⁉　嘘っ！　三枝さん⁉」

指の隙間からちらりと見れば、青ざめた顔で私を見つめる星森さんがいた。彼女は副社長室の前に樹君がいることにも気付いたらしい。私と樹君に対し、交互に強張った笑みを向ける。

「ごめんね、三枝さん。ドアの向こうに誰かいるなんて思ってなくて……大丈夫？」

「だっ、大丈夫。平気」

言いながら、星森さんはちらちらと樹君を見ている。樹君はその視線から顔をそむけて肩を竦めると、副社長室のドアを開け、なにも言わないまま室内に入っていく。

ぶつけて痛む額を撫でつつ、そして話の途中だったのになぁという残念な思いも引きずりながら、私も秘書室へと移動する。

「ごめんね、三枝さん」

廊下の様子を気にしてから、星森さんが秘書室内へと戻ってきた。

「大丈夫、大丈夫。もうそんなに痛くないし」

「本当？　それならいいけど……副社長に呆れ顔されちゃったよー。そそっかしいって思われちゃったかな。あぁ、失敗しちゃったかも」

笑顔で痛みを隠していたけれど、樹君のことを持ち出されてしまえば、愛想笑いに変わってしまう。それでも複雑な気持ちまで顔に出ないよう努めながら、デスクへ戻り、赤の水玉模様のランチバッグを取り出す。すると、星森さんが「あっ」と反応した。

「もしかして休憩って言われた？」

「うん。星森さんは？」

「まだなにも。藤城社長って……まだ戻ってきてないよね」

彼女はそわそわしながら、隣の社長室へと続くドアから私へと視線を往復させている。

「先に休憩入るね」

そんな彼女にひと声かけて、私は秘書室を出た。

向かった先は七階。七階にはルーフバルコニーがあり、昼食の時間帯は自由に出られるようになっている。しかもちょっとした庭園にもなっていて、天気がいい日は、そこでのんびりお昼を食べたりできるのだ。

芝生と芝生の間にある白いタイルの道を進みながら空いているベンチを探すけれど、休憩に入るのがひと足遅かったから、ベンチはほとんど埋まっていた。

ここで食べるのは無理かなとそんなことを考えた時、一番奥側のウッドデッキにいた女子社員四人が一斉に立ち上がるのが見えた。テーブルの上を片付けたのち、彼女たちはおしゃべりをしながらこちらに向かって歩き出した。

席が空いたことで、彼女たちと入れ替わるようにウッドデッキに足を踏み入れ、ドキドキしながら木製のチェアに腰かけた。

このウッドデッキには布製のお洒落な屋根がついている。そのため、昼休みはいつもここから席が埋まっていく。時間通りに休憩に入ることが少ない私は、この席に座るのが初めてだったりする。

みんな休憩が終わる時間だからか、バルコニーからひとりまたひとりといなくなっていく。念願だった席に座れた嬉しさと、取り残されたような物寂しさを感じながら、テーブルにお弁当を広げ、黙々と食べていると、遠くでドアがパタリと閉まる音が聞こえてきた。なんの気なしに出入り口の方を見て、ぎょっとする。樹君がまっすぐ、私に向かって歩いてくる。

「予想的中」

「え？」

「秘書室にいなかったからここかなと思って来てみた……。寒い。寂しくひとりで食べてるの見たら、余計寒くなってきた」

意地悪な笑みを浮かべ、樹君があっという間に目の前までやってきた。

仕事から気持ちが離れていると分かる彼らしい表情に、気安さと愛しさが湧いてしまい、ついつい睨みつけてしまった。けれど周りに目を向けた途端、居心地の悪さが込み上げてくる。

まだバルコニーには社員が数人残っている。みんな副社長の突然の登場が気になっているらしく、遠巻きに興味津々な様子でこちらを見ているのだ。社員の目がある中で副社長に反抗的な態度をとるわけにもいかず、慌てて表情を戻した。

テーブルにお弁当を置き、急いで椅子から立ち上がる。硬い声音で返事をした。

「あの……私、なにか失敗しちゃった？」

わざわざ彼自らここに来た理由が思いつかず、もしかしたら仕事でミスをしてしまったのかもと怖くなってきたのだ。

「違うから座って。ただ単に、千花と話したいことがあって来ただけだから」

話したいことと言われ、彼が先ほど副社長室の前でなにか言いかけたことを思い出す。それかと腑《ふ》に落ちれば、彼の背後に見え隠れする人々の表情が再び気になってくる。

私は樹君の陰に隠れ、身を小さくさせながら、小声で囁きかけた。

「今じゃないとダメなの？　みんな見てるよ」

ぽつりとこぼした私の本音を聞いて、樹君も背後を振り返った。そして口元に薄く笑みを浮かべながら、私と向き直る。

「俺はここがいい。千花も堂々としてなよ。周りは副社長が自分の秘書に話があって来てるくらいにしか思ってないだろうから」

「……うん」

樹君が副社長に正式に就任したあと、マキダ会長が彼の秘書に私を指名した。

私たちの関係は公にしていないから、彼の言葉通り、この場に居合わせている社員たちは、この状況を仕事の延長みたいな目で見ているだろう。

とはいえ、樹君は社内でとても目立っている。外見はもちろんのこと、仕事に対する姿勢や発言ひとつとっても、彼の意志とは無関係に人を惹きつけているのだ。

社員の羨望の的である彼の秘書であることを、私は誇りに思っている。けれど〝彼女〟としては、ちょっぴり複雑だ。

輝いている彼と、輝けていない私。彼のカッコよさに圧倒されるしかなくて、自分がどうしようもなくちっぽけな存在に思えてしまう時がある。

そんな時は、私でいいのかな、樹君ならもっと素敵な女性と付き合うことができるのに……と負のスパイラルに陥ってしまうのだ。いろいろ考えてしまうけど……結局は樹君が好きだから、別れたくないから、私はそれを口に出すことはできない。

「座りなよ」と再び促され、私は素直に椅子へと腰を下ろした。

「急だけど、今夜空いてる？」

「……えっ？」

「一緒に夕飯食べたいんだけど」

「ゆっ、夕ご飯を私と⁉」

驚きで声が上ずってしまった私に、樹君が眉根を寄せる。

「なんでそんなに驚くの？　彼氏が彼女をデートに誘ってるだけなのに……ちょっと

くらい喜んでよ。誘いがいがない」

拗ねた口調で樹君がそんなことを言う。その様子がかわいくて、思わず笑ってしまうと、樹君が不機嫌な顔のまま私の隣の椅子にどかりと腰を下ろした。

「ごめんね。もちろん嬉しいよ。本気で嬉しい！　夜はいつも社長とミーティングしてるから、今日もあるものだと思ってて、それでびっくりしただけだから」

社長と副社長だから当然といえば当然なのかもしれないけれど、兄弟ふたりで一緒にいることが多い。お兄さんでもある藤城社長の顔を思い浮かべると、心の中に苦い予感が広がっていった。私は慌てて樹君に向き直る。

「……えっ、まさか、社長も一緒に夕飯を？」

「そんなわけないでしょ？　どう考えても兄貴は邪魔。監視じみたことされるのは、仕事中だけで十分だから」

「監視……やっぱり社長に監視されてるよね。なんか社長の視線が痛いなぁって思ってたんだ」

樹君と私の関係を知っているのは、藤城社長と宝さんだけだ。私が本社で樹君と初めて顔を合わせた日、樹君は〝仕事とプライベートはきっちり分ける〟と、社長に宣言した。今のところ、そのことに関して文句を言われたりはしていないけれど、その代わりのように社長の視線を感じることが多々あるのだ。たぶん、マキダ会長が私を樹君の秘書に指名したことも、不満に思っているのだろう。目に余ると判断したらすぐに私を秘書から外すべく、監視しているのかもしれない。

最近では仕事中だけでなく休憩中も、樹君といると社長の視線を感じてしまうくらいだ。こうやって一緒にいるところを見られたら怖いなと、そわそわしながら視線を彷徨わせていると、樹君が私の頭に手を乗せた。

「違う。今は監視っていうより、観察って言った方が正しいと思う。だからそんなに警戒しないで」

「……観察？」

「兄貴は千花のことが物珍しいんだと思う」

「私が？」

「そう。俺が惚れてるから。兄貴は俺のことを、人を愛せない冷血な生き物かなんかだと思ってるんだよね、きっと。まぁ俺自身、自分のことを愛に満ちた人間だとは思ってないけど……」

樹君が薄く笑みを浮かべた。間近でその綺麗な微笑みを見せられ、鼓動がトクリと跳ねた。顔が熱くなる。

「大切なものは大切にするし」

私を見つめる眼差しが、柔らかくなっていく。頭を撫でる手つきも、とっても優しい。彼から伝わってくる甘い温度に胸がきゅっと苦しくなった。ドキドキしてしまう。

しかし、遠くでドアがぱたりと閉まる音がして、びくりと肩が揺れた。私を撫でてくれていた樹君の手を慌てて掴み、びくびくしながら辺りの様子をうかがう。

いつの間にか、バルコニーから社員たちの姿はなくなっていた。今のはみんなが出ていった音のようだ。

ホッと息を吐き出した私を見て、樹君が苦笑いする。

「話戻すけど、今夜空いてる？」

掴んでいた手が解かれ、指と指が絡み合った。

「会食もなくなって予定空いたから、久しぶりに恋人らしいことしたいんだけど」

繋がった手に軽く力が込められる。触れ合った感触が心地よくて、思わず目を細めた。心まで掴まれた気分だ。

「うん。空いてるよ」

気恥ずかしさをこらえながら返事をすると、彼は「よかった」と小声で囁き、背もたれに背中を預けた。

「千花はなに食べたい？」

「そうだなぁ」

「かりんとう饅頭？」

「それって、冷やかしに行きたいだけだよね」

笑いながらツッコミを入れた時、繋がっていた手が離れた。続けて彼の座っている椅子が軋んだ。

「あぁ、そういえば……」

私が彼に顔を向けるのと、彼の手が私に伸びてきたのはほぼ同時だった。彼は私の前髪をそっとかき上げ、真剣な目をする。

「樹君？」

「さっきぶつけたとこ、ちょっと腫れてる？　大丈夫？」

「え？　……本当だ。でもこれくらい平気だよ」

ひんやりと冷たい彼の手が、額を覆う。彼の瞳が私を映している。私だけを映している。

見つめ返していると、さっきの彼の言葉が頭に浮かんできた。

『俺が惚れてるから』

言葉からも、そして優しさを湛えた眼差しからも、自分が大切にされていることが伝わってくる。私の気持ちも一気に膨らんでいく。

「樹君、好きだよ」

この気持ちを伝えたい。そう思ったら、自然と言葉にしていた。

黒目がちの瞳をほんの一瞬大きく見開いて、彼が微笑んだ。

「うん」

甘く囁き返された低い声が、耳をくすぐる。

鼓動が速まり、身体が熱くなっていく。とろけてしまいそう。

遠くでぱたりとドアが閉まった。微かな音に反応し、身体を後ろに引こうとした時、バルコニーに明るい声が響いた。

「副社長！　探しま……」

走り寄ってきていた足音が止まった。小道の途中で、星森さんがこちらに視線をとめたまま、固まっている。

「……三枝さん？」

樹君の手はすぐに私の額から離れていったけれど、それをしっかり見られていたことも、私たちから親密さを感じ取ったらしいことも、星森さんの表情からして明らかだった。

私を見つめる彼女の瞳が鋭くなっていく。責め立てられているような気持ちになり、私は動揺しぎこちなく視線を伏せた。

堂々としているべきなのは分かっているけれど、上手く表情が繕えない。不安と焦りばかりが膨らんでしまい、膝の上で握りしめた拳が、微かに震え出した。

ぎゅっと目をつぶると、握りしめた手が温かさに覆われた。

「大丈夫」

囁き声に瞳を開けると、彼の手が私から離れていくのが見えた。樹君は立ち上がり、気だるそうに首元を手で押さえながら歩き出す。そんな彼の後ろ姿を私は目で追いかけた。

「なんの用？」

目の前で立ち止まった樹君のオーラに気圧されたのか、星森さんが一歩後ずさりをした。

「あっ、はい……えっと、あの……社長がお探しです」

「そう……誰かよこすくらいなら、直接電話かけてきたらいいのに」

ちらちらと樹君を見上げたのち、星森さんは思い出したように私を見た。その瞬間、顔つきが変わる。恥ずかしそうに、そして口元にほんのりと微笑みを浮かべていたのに、私へと顔を向けた途端、眉間に皺を寄せ、刺々しくなったのだ。

どんな言い訳をすべきなのか、この先彼女と上手くやっていけるのか、不安が頭の中を駆け巡るけれど、自分の手元に残った樹君の温もりが、波立った感情を和らげていった。

『大丈夫』

気持ちを強くするべく、私は彼の言葉を頭の中で繰り返す。

樹君は数歩進んでから、星森さんを振り返り見た。

「えっと……星村《ほしむら》さんだっけ？　もしかして、社長はもう社を出る気でいる？」

「えっ？　たぶん、そのつもりかと……。あと私、星森といいます」

「他になにか言ってた？」

「……えっと」

星森さんはなにか言いたそうな視線を私に向けつつも、疑問をぶつけながら再び歩き出した樹君のあとを追いかけていく。

声が徐々に遠ざかる。ドアの閉まる音を境に辺りが静かになり、ホッと息を吐き出した音がやけに大きく響いた。

きっと私が気まずい思いをしないように、樹君が星森さんを連れていってくれたのだろう。ふたりきりにならずに済んだことを感謝した。

とっくに退社時刻を迎え、残業をしている社員の姿も少なくなり始めた頃、外出していた藤城社長たちが慌ただしさと共に社に戻ってきた。

留守番をし、みんなの帰りを待っていた私は、さっそく社長に報告をする。

「午後二時ごろ松川《まつかわ》ホールディングスの南《みなみ》社長からお電話がありました。明日またかけ直されるそうです。それから……」

ひと通り伝え終え、届いていた配達物を社長に手渡してから、私は我慢できなくなり肩越しに後ろを見た。ずっと楽しそうな話し声が後ろから聞こえていたため、それが気になって仕方がなかったのだ。

「ひとつだけ言わせてください！　私、星村ではありません！」

「え？　星村じゃないの？　じゃあ誰？」

「星森です！　ちゃんと覚えてください！　こう見えて、私けっこう傷ついてるんですからね！」

言いながら、星森さんが樹君の腕を掴んだ。

傷ついているという割には、すっごく楽しそうな顔してるじゃん……なんて、星森さんに向かって心の中で文句を言ってしまう。

社長室の戸口付近には、樹君と星森さんの他に宝さんがいる。今日の午後はその三人と社長で外出していた。

樹君の腕を叩いて、星森さんがまた笑った。この数時間でふたりが一気に仲良くなってしまったように見えてくる。

ゆらりと首をもたげた嫉妬とほんの少しの痛みを含んだ寂しさに表情を曇らせると、私の隣に宝さんが並んだ。

「今日はもう社長も副社長もお帰りになられるそうなので、三枝さんもいいですよ。金曜日ですし、たまにはゆっくりしてください」

「はい。分かりました、ありがとうございます」

宝さんに微笑み返し、ちらりと樹君を見た。言葉をかけようと思ったけれど、彼がまだ星森さんに捕まっているのを見てしまうと、なんの言葉も出てこなかった。

「樹、お前も帰るんだろ？　暇なら一緒に飯でも食べに行こうか？」

樹君は星森さんの手を振り払ったあと、社長に向かって思い切り顔をしかめた。

「行かない。暇じゃないから」

「わあぁっ！　おふたりで食事とか、いったいどんなお店に行くんですか⁉　きっと素敵なお店に行かれるんでしょうね。いいなぁ。羨ましいなぁ」

樹君の素っ気ない言葉は、テンション高めの星森さんの声に見事にかき消されてしまった。

「私も一緒に連れていってくださいよ！」

振り払ったばかりの手が、また彼の腕を捕らえた。樹君が呆れたような表情を浮かべて、星森さんを見下ろしている。

その様子をじっと見つめていると、突然樹君が私に顔を向けた。目と目が合った。途端、気まずさが込み上げてくる。些細なやり取りすらおもしろくなく感じている、そんな心の狭い自分を見透かされたような気持ちになっていく。

今の自分を見られたくなかった。私は軽く笑みを浮かべてから、「お先に失礼します」と深く頭を下げ、その場を離れた。

社長室を出ると、足が止まってしまった。再び、きっちり閉めた扉の向こうから星森さんの楽しそうな声が聞こえてきたことに、ため息が出てしまう。

とりあえず秘書室に戻ろうとした時、「あっ！」と誰かが叫んだ。通路沿いにある広報のデスクに男性社員がひとり残っていた。

「……どうしたんですか？」

自分では力になれないだろうと思いながらも、頭を抱えている姿を見てしまえば、声をかけずにいられなかった。

男性社員は驚いて顔を上げ、そして自嘲気味に笑う。

「新しいカタログを全店舗に送ったのですけど、一部だけ入れるのを忘れてしまった店舗があって」

彼は持っていたカタログの表紙を私に向けた。表紙を飾っているのは津口可菜美だった。笑顔でソファに座っている彼女と目が合い、つい顔が強張ってしまう。

「しかも少し前に集荷が来ちゃって。明日、これだけ追加で送ります」

「あっ、それ……一冊だけですよね？」

カタログの上部につけられた付箋《ふせん》に書かれてある店舗名に気付いて、私は少しだけ声を張った。

「はい。表参道店だけカタログが他より一種類多かったのをすっかり忘れてしまっていて」

「私、帰りがけにお店に寄って渡してきます」

申し出ると、男性社員が目を見開いた。

「えっ⁉　……いや……確かに表参道店はここからそんなに遠くないし、直接手渡しできますけど……。頼むのは悪いんで、それに自分のミスなんで、俺が行きますよ」

「大丈夫です。少し前まで働いていたお店ですし、実は時間があったら顔を出してほしいって店長から言われていたんです。だからこれから行って渡してきます。ついでですから、気にしないでください」

男性社員は迷っていた様子だったけれど、それを聞いて心が決まったらしく、深く頭を下げてきた。

「お言葉に甘えさせてもらいます。よろしくお願いします！」

「はい。確かに預かりました」

差し出されたカタログを受け取り、私も頭を下げ返した。

改めて表紙を見る。少女のように無邪気に笑う津口可菜美に見つめられ、思わず苦笑いを浮かべてしまう。実際の彼女がこんな表情を私に向けることなど絶対にないだろう。

「このあと予定が入っていたりしないですよね？　大丈夫ですよね？」

気遣わしく男性社員が問いかけてきた。

返答を思い浮かべるよりも先に、私は社長室の方を振り返っていた。

樹君は今この瞬間も、星森さんとじゃれ合っているかもしれない。さっきの様子を思い出すと、だんだん気持ちが重くなっていく。

彼の秘書に就いたあと、一度だけ、ふたりで食事には行っている。だけど次の日も仕事だったし時間も遅かったから、食べ終わると早々に帰宅の途についたのだ。

そんな慌ただしい記憶があるからこそ、今夜は樹君とゆっくり過ごせると、たくさん話ができると、ものすごく楽しみにしていたのだけれど……果たして本当に、私は樹君とデートができるのだろうか。社長にも夕飯を誘われていたし、もしかしたら今夜の約束はダメになってしまうかもしれない。

樹君はどうするつもりなんだろう。どちらを選ぶのだろうか。

「……あのっ！　予定があるなら、俺が行きますから。無理しないでください！」

不安が顔に出てしまっていたらしい。慌てふためいている男性社員に対して、私は勢いよく首を振った。

「大丈夫です！　任せてください！」

樹君が私との約束を優先してくれたとしても、藤城社長や星森さんのいる前で、彼と堂々と肩を並べて、会社を出ていくことは遠慮したい。

どちらにしても、必ず彼から連絡が来るはずだ。会えるのならば、先に社を出て、店長にカタログを渡して話をして、少し時間を置いてから彼と合流した方がいいような気がする。

私は預かったカタログを両手で抱きしめてから、男性社員に軽く頭を下げ、歩き出した。

「わぁっ。三枝さん、来てくれたのね」

表参道店に入り、懐かしさに包まれ足を止めた私に、さらに懐かしい声がかけられた。

「店長、ご無沙汰しています」

「ごめんなさいね。忙しいところ呼び出してしまって」

「いえ。私の方こそ、電話をもらってから、来るのが遅くなってしまって」

ゆるりと首を振ると、店長が入口の方を気にしてから、スタッフルームを指さした。

「ここではなんだし、あっちで話しましょう」

意味ありげな店長の行動に疑問を覚えながらも、入口近くでお客を迎え立つマネキンへと目を向ける。そして閉店間際ということもあり客もまばらな店内を見回してから、私は店長を追いかけた。

スタッフルームに入り、まず最初に、持っていたカタログを店長に手渡した。

ひとまず役目を果たせたことに安堵していると、店長がカタログをぱらぱらとめくっていた手を止め、微笑みながら私を見た。

「どう？　本社は」

「大変です……でも楽しいとも思っています。まだまだ覚えきれてないこともたくさんあって、右往左往してばかりですけど、なんとか食らいついていきたいと思っています」

「やっぱり場数がものをいうと思うから、失敗も勉強だと思って頑張ってね」

言い終えると、店長が思い出し笑いをした。どうしたのかと目で訴えると、店長はまた笑う。

「スタッフみんなで三枝さんを羨ましいって言ってたのよ」

「私を、ですか？」

「そうそう。藤城副社長の秘書に就いたんでしょ？　イケメンすぎるって、みんなで興奮してたの。毎日あの顔を拝《おが》めるのは、かなり羨ましい」

ここでも樹君の話が飛び出してきた。くすぐったいような気持ちになりながら、笑みを浮かべて頷き返す。

本社のことや私の仕事のことを和やかに話していると、突然、店長の声のトーンが落ちた。

「あと、三枝さんに話したかったことがあってね」

本題に入ったことを感じ取り、緊張感が肌を走る。

「……なんでしょう」

店長が困ったような顔で私を見た。言いにくそうに表情が歪んだから、私も息をのんでしまう。

「あのね……少し前に、ちょっと風変わりなお客さんが来店されて」

「風変わり、ですか?」

例えばどんな、と言葉を続けるよりも前に、答えが返ってきた。

「店の中に入ってきたのは一回だけなのだけれど、ショーウィンドウ越しに目を血走らせて店内をうかがっている男性の姿を、少し前から頻繁に見かけていてね……」

それは風変わりという言葉だけで片付けてしまっていいものなのだろうかと、ちょっぴり恐ろしくなってくる。

「その男性はなにを見ていたんですか? スタッフの誰か、とか?」

「二週間くらい前だったかしら。男性が店の中に入ってきたから、私、聞いたのよ。

なにをお探しですかって……そうしたらね、『三枝という女性スタッフはお休みですか』って聞かれて」

「えっ⁉　そ、それって、私のこと、ですよね？」

店長が大きく頷いた。急に怖くなり、私は両手で自分の身体を抱きしめた。

「三枝さんのことよね。『ここ最近姿を見かけないのですが辞めてしまったのですか』ってしつこく何度も聞いてきたから、逆に『三枝とはどういう関係ですか』って聞き返したんだけど……ブツブツなにか言いながら、帰ってしまったのよ」

「……誰だろう。怖い」

「それ以来見かけていないから、気が済んだのかもしれないけど、でもね、一応こういうことがあったのよって話だけはしておこうと思って。心当たりはない？」

「……特に」

私共々この店を贔屓にしてくれていたお客様には異動の手紙を送っているから、いないのは知っているはずだ。お客様が私のことを覚えていてくれて、『最近見かけませんね』という話になったのなら分かるけれど……そこまで熱狂的に私の行方を気にかけてくれる男性客に覚えはない。

「マッシュルームカットに眼鏡の男性よ。ぱっと見、気難しそうな感じで……」

続けて出てきた情報に息が詰まった。思わず呻いてしまった。

その男性を私は知っている。たぶんきっと、いや間違いなく……袴田さんだ。

「……すみません。私、その人と知り合いかもしれません。もしまた訪ねてきて、私のことをいろいろ聞いてきたとしても、教えないでもらえますか？　むしろ辞めたと言ってもらっても構いません」

頭を下げつつお願いすると、店長が困り顔のまま、口元に笑みを浮かべた。

「そうなのね、分かったわ。また来るかどうかは分からないけど、一応みんなにそう伝えておくわね。困った時は相談して。なにかできることがあれば、力を貸すから」

「すみません。ありがとうございます」

頭を下げた時、持っていたバッグの中から小音量の着信音が聞こえてきた。

バッグを開きながら頭に浮かんだのは、袴田さんの顔だった。連絡先を教えていないのだから、彼がかけてくるはずもないのだけれど、こんな話を聞かされたあとだと、まさかと思ってしまう。店長もちょっぴり口元を強張らせながら、私を見ていた。

恐る恐る着信の相手を確認して、ホッと息を吐く。自然と笑みも浮かんでしまう。

樹君だ。

電話に出ていいものか、ちらりと店長に目を向けると、私の様子に表情を和らげ、

「どうぞ」と言葉をくれた。私も「すみません」と言葉を返し、店長に背を向ける。

無意識のうちに部屋の隅へと足が進んでしまう。

《千花？　俺。表参道店にカタログ届けに行ったたって聞いたんだけど、まだそこにいる？》

「うん」

《分かった。今からそっち行く》

「……大丈夫なの？」

《なにが？》

なにがと聞かれ、口ごもる。

もちろん、頭の中に広がっていくのは、さっき見た社長室での光景である。

「夕飯がどうのこうのって、社……お兄さんと話をしてたから」

社長と言いそうになり、焦ってしまう。言い直しながら店長を見れば、先ほど渡したカタログをデスクの引き出しにしまい、机上のパソコンを操作し始めたところだった。こちらを気に留めている様子もなく、ホッと肩の力が抜けていく。

《なにそれ、行くわけないじゃん。千花と一緒に過ごしたいのを我慢してまで、なんで兄貴とふたりで飯食いに行かなきゃならないわけ？　すっごい嫌なんだけど。苦痛

なんだけど。地獄なんだけど》

「そっ、そこまで言わなくても」

《言うし。これでも俺、千花とのデート、けっこう楽しみにしてたから。いろいろぶち壊さないでくれる？》

拗ねている。

電話越しにそれがはっきりと伝わってきて、私は思わず目を細めた。

「それはそれは、大変失礼いたしました」

わざとらしく大袈裟に言い返すと、樹君が小さく笑った。つられて私も笑みを浮かべる。

あんなに不安だったのに、たったこれだけのやり取りで、心の靄《もや》がかき消されていく。

私も彼とのデートを楽しみにしていた。お互い同じ気持ちでいたことを、彼が教えてくれた。それがただただ嬉しかった。

《とにかく行くから、大人しくそこにいてよね》

彼への愛おしさで胸がいっぱいで夢心地だった私は、そのひと言で現実に引き戻された。

「……えっ。ちょ、ちょっと待って！　それはまずいんじゃ……あっ」

電話を切られてしまった。心が焦りで波立っていく。

副社長である彼が店に姿を現したら、大ごとになるのは目に見えている。しかも私を迎えに来たのだと気付かれてしまったら、気まずい展開になってしまいそうだ。星森さんのこともあるし、今は余計な騒ぎを起こしたくない。すぐに店を出た方がよさそうだ。

携帯を取り落としそうになりながらも、なんとか急いでバッグにしまい、私は店長に笑いかけた。

「私、そろそろ帰ります」

店長は不思議そうな顔で私を見つめていたけれど、突然、にっこりと笑みを浮かべた。

「もしかして今の電話、彼氏？　これからデート？　ちょっと、いつ彼氏できたのよ！」

曖昧にごまかそうと試みた私の態度から、店長は自分の言葉に確信を持ってしまったらしい。興味津々な顔であれこれ聞き出そうとする。

「彼氏どんな人なの？　どこで知り合ったのよ……あっ、嘘っ……もしかしたら、本社の人と――」

「また来ます！　失礼しましたっ！」

これ以上言わせてなるものかと、私は声を張り、店長の言葉を遮った。名前を呼ばれたけれど、聞こえないふりをしてスタッフルームをあとにした。店に残っていたスタッフへ軽く挨拶をしながらも、進む勢いを緩めず一気に店の外へと出る。

とりあえず店の前から離れたくて、本社に向かって歩き出したけれど、二十メートルほど歩いたところで、私は足を止めた。

こちらへ向かっている樹君と、すれ違ってしまう可能性もある。彼に言われた通り、下手に動かず、表参道店の近くで待っていた方がいいような気がしてきた。

歩道の端に移動する。彼の姿を見落とさないように本社側からの人の流れを目で追っていると、突然視界の隅が陰った。誰かが私のそばで立ち止まったのだ。思い浮かぶ姿はひとつしかない。はやる気持ちのままそちらへと顔を向け……私は絶句した。樹君かもなんていう淡い期待は、一瞬で砕け散ってしまった。

「……は、袴田さん」

最近は姿を見かけなくなったと店長が言っていたから、袴田さんの気は済んだのかもと、都合よく解釈してしまっていたけれど……どうやら甘かったらしい。

「やっと、会えましたね」

虎視眈々《こしたんたん》とこの機会を狙っていたかのような言い方をされ、肌が粟立っていく。

「ずっと、あなたの姿が店になかったので、心配していました」

「……私になにか用ですか?」

「あんな別れ方をしてしまったので、もう一度ちゃんと話をしたくて……もちろんふたりっきりで」

〝ふたりっきり〟の部分で、袴田さんの唇の端がぴくぴくと歪《いびつ》な動きを見せた。

恐い。逃げたい。

うすら寒さと共に一気に湧き上がってきた感情が、右足を後退させていく。

けれど次の行動に移る前に、袴田さんが素早く私の腕を掴んできた。強い力に私は心の中で絶叫する。

「行きましょう」

「嫌です! 行きません! 話すことはありません!」

「いえ、僕たちは話し合った方がいい。話せば、もっと深く分かり合えるはずなんです」

袴田さんのもう片方の手も、すがりつくように私を掴んだ。

「三枝さんの素敵な笑顔は、僕のそばでこそ、僕の店にこそふさわしい。そう思いませんか？　思いますよね⁉」

鬼気《きき》迫る表情で訴えかけてきたけれど、もちろん同意などできるはずがない。

「なんでそれが分からないんだ！　なんで分かろうともしないんだ！」

責め立てるような声音が、頭の中で響き出す。視界が揺れる。唇が震え出す。

恐い。この状況が恐くて仕方がない。

「なにしてんの？」

後ろから凛とした声が割り込んできた。加速していた恐怖心が急停止し、徐々に肩の力が抜けていく。

「……樹君」

いつの間にか、袴田さんの後ろに樹君が立っていた。彼が来てくれたことで張り詰めていた気持ちが緩み、一気に涙が込み上げてくる。

樹君はそんな私と目を合わせてから、私を掴んでいる手、それから私と向き合う形で立っている袴田さんへと順に視線を移動させ、徐々に眉間の皺を深くさせていった。

「場合によっては許さないけど」

樹君の威圧的な眼差しはやっぱり忘れられなかったらしい。すぐに袴田さんは樹君に向かって「お前、あの時の！」と声をあげ、顔を盛大に引きつらせた。

「今すぐ千花から手を離して。イラつくから、彼女に気安く触んないで」

「なっ、なにを偉そうに！　それに僕がお前に従う理由はない！　僕と三枝さんの問題なんだ！　無関係な君に首を突っ込んでもらいたくない」

「無関係じゃない。だって俺、千花の彼氏だから。自分の彼女が怪しい男に絡まれてたら、首突っ込むの当然だよね」

樹君が攻撃的に告げた事実を受け、袴田さんが凍りついた。

「お前が、三枝さんの、彼氏？　まさか、そんな」

衝撃が怒りへと変化してしまったのか、私の腕を掴む袴田さんの手の力が一気に強くなっていく。じわりと広がった痛みに、私は顔を歪めた。

「僕は認めない。お前は三枝さんにふさわしくない！　彼女にふさわしいのは――」

袴田さんはその先を言うことができなかった。口から発せられたのは言葉ではなく、呻き声だった。樹君の右手が、袴田さんの胸倉を掴み上げたのだ。

「なに？　自分だって言いたいわけ？」

袴田さんの言葉が樹君の機嫌を損ねてしまったのは、明らかだった。

凍りつきそうなくらい鋭く冷たい樹君の瞳。苛立ちを隠さぬままに低く威圧的に発せられた声。

袴田さんは恐怖で身体を震わせている。自分に向けられたわけでもないのに、私もその迫力に足が竦んでいるのだから無理もないと思う。

胸倉を掴んでいる樹君の手にさらに力が込められ、再び袴田さんから苦しげな声が漏れた。私を掴んでいた袴田さんの手が震え、徐々に力が抜けていく。

袴田さんの手が自分から離れたことで、おぼつかない足取りながらも、私はやっと後ずさることができた。

袴田さんは樹君の迫力にのまれそうになっていたけれど、すんでのところで気持ちを立て直したらしい。胸倉を掴む樹君の手を振りほどこうともがき始めた。

「そっ、そうですよ……。三枝さんだって……三枝さんだって！　乱暴で、偉そうで、冷血な男より、僕の方がいいに決まってる！」

「あんたがどう思おうと、千花が今、俺の彼女っていう事実は変わらない。千花が欲しいなら、俺から奪うしかないけど？」

樹君の手に再び力が込められ、袴田さんが苦しそうに顔を歪めた。

「奪う気でいるなら、俺に全力で向かってきなよね。じゃないと、こっちも潰しがいがないから」

樹君が口元に笑みを浮かべた。あからさまなくらい挑発的な笑い方だった。目は笑っていないし、声にも怒気が含まれていて、圧倒されてしまう。はっきり言って怖い。

今度こそ完全に、袴田さんは樹君の迫力にのまれてしまったらしい。小刻みに唇が、手が、足が震え、顔は色を失っている。

樹君が掴んでいた体を後ろへと突き飛ばした。といっても、軽く押しただけなのだけれども、袴田さんはよたよたとふらついたあと、盛大に尻餅をついた。

袴田さんは怯えと憤りがないまぜになった顔で樹君を見上げてから、続けて私を見て、その表情に不満を追加させた。

身構えると同時に、樹君が私の前へと一歩踏み込んできた。

「だから、受けて立つって言ってんでしょ？　文句があるなら、俺にどうぞ」

盾になってくれているその背中は大きくて、とても頼もしかった。

袴田さんは怯えながら立ち上がり、私たちに背を向けると、必死な様子で逃げていく。

「……樹君」

彼の腕を引っ張って呼びかけると、すぐに彼のつま先が私へと向いた。目と目を合わせれば、樹君の苛立ちがはっきりと伝わってくる。

「なんでこんなことになってるの？　いつから？」

「え？」

怒りが今度は自分に向けられていることに気付かされれば、どうしていいのか分からなくなってくる。

「面倒に巻き込んじゃって、ごめんなさい」

視線を落とすと、樹君が身を屈めて私の顔を覗き込んできた。

「違う。千花を責めてるわけじゃないから、泣きそうな顔しないで」

言われて、自分の目に涙が溜まっていることに気が付いた。

樹君が苦しそうに目を細めた。どう対応していいのか分からないような手つきで、私の頭を撫でてくる。

「俺は、いつからつきまとわれてたのかが知りたいだけ……。まさかホテルで会ったあの日からずっととか言わないよね？」

私は大きく首を振って、彼の言葉を否定した。

「違うよ。あの日以来、袴田さんと会ってない……。でもね、表参道店の方には、何度か私を訪ねて来てたみたいで。さっき店長からその話を聞いて驚いたけど……。まさか、ここで声をかけられるなんて思いもしなくて……」

ぐすりと鼻を鳴らしながら必死に説明する。なんとか言い終えると、樹君からため

かと思った」
「よかった。つきまとわれて千花が困っているのを、今までずっと気付けずにいたの
息が漏れた。

最後にもう一度、「よかった」と囁いて、彼が薄く笑みを浮かべた。

安堵で少しだけ柔らかくなった表情は幼くもある。そこに昔の彼が重なって見えれば、自然と鼓動が高鳴っていく。


「千花」

樹君が私をじっと見つめている。いつも力強く輝いている瞳は、今はちょっぴり弱々しくて、なんとなく不安になってしまう。

「千花も……俺のこと、怖い？」

突然の質問に、私は瞬きを繰り返した。

「冷血ってよく言われるから。俺は千花を怖がらせたくないのに……自分自身が一番怖がらせてたらと思うと」

彼はゆっくりと頭を撫で続けていた手で、私の頬をそっとなぞった。大切なものに戸惑いながら触れているかのような手つきがくすぐったくて、私はその手に自分の手を重ねた。彼の温もりを感じ取りたくて、その手に頬をすり寄せる。

「怖いと思う時もあるかもしれない。でもそれ以上に、私は樹君がそばにいてくれるとすごく心強いです。今だって、ありがとう。私ひとりだったらきっと、かわしきれなかった。樹君、ありがとう」

彼の温かさに気持ちを添わせるように、そっと瞳を閉じた時、額に柔らかいものが触れた。驚き目を開けると、すぐそばに樹君の顔があった。額にキスされたんだと理解すれば、急に恥ずかしくなってくる。ここは歩道。もちろん人の目がある。

「覚悟しておいて」

「覚悟?」

「俺はもう、千花を簡単には手放さない」

見つめる先にあるのは、澄んだ瞳。余計な色など一切含んでいない彼の気持ちが、言葉となって、私の中にまっすぐ入ってくる。

「千花は誰にも渡さない」

小悪魔的な微笑みを浮かべているのに、声はとろけそうなくらい甘くて、私の鼓動をいたずらに加速させる。くれた言葉が嬉しくて、嬉しすぎて、胸がいっぱいになっていく。この喜びを伝えたいのに、もどかしいほど気の利いた返事が浮かんでこなくて、私はこくりと頷き返すことしかできなかった。

それでも樹君に思いは伝わったみたいだった。彼と目と目を合わせたまま微笑み合っていると、路肩に車が停車した。我が社の社用車と同じ外国車だったため、一瞬、樹君のお迎えかと焦ってしまったけれど、すぐにそうではないと理解する。運転手の男性も、助手席に乗っている女性にも見覚えがなかったからだ。

三十代後半くらいに見える彼女が、こちらに目線を向ける。困ったような顔で会釈をされ、とっさに私もお辞儀を返した。

見知らぬ女性ではあるけれど、控えめな色合いのスーツとその雰囲気から、自分と同じ職業の人ではないだろうかと思った。うっかり私が失念してしまっているだけで、もしかしたらどこかで顔を合わせているかもしれない。

記憶を掘り返すべく頭をフル回転させていると、私の視線に気付いた樹君が、路肩に停車しているその車へと顔を向けた。

「……げっ」

途端、彼から嫌そうな声が飛び出してきた。後部座席の窓が静かに開き始めると、樹君は私の手を掴み、この場から逃げ出すかのように、急ぎ足で歩き出す。

「えっ、ちょっと樹君。いいの⁉」

「いい。気にしないで歩いて。もうこれ以上、変なのに時間とられたくない」

立ち止まりたくとも、手を引かれている状態だから、それは叶わない。

車の中にいる人たちは、樹君の知り合いで間違いないだろう。わざわざ近くに停車したのだから、彼に用があったのかもしれない。

だけど……〝変なの〟ってなんだろう。そんな疑問が頭に浮かべば、好奇心には勝てなかった。

樹君に手を引かれながら後ろを振り返ると同時に、先ほどの高級車が私たちのすぐ横をゆっくりと走り抜けていく。後部座席に乗っていた同い年くらいの男性がにっこりと笑い、気安い様子で手を振っているのが見えた。

私たちの逃亡をおもしろがっているかのような笑みが、なんとなくうすら寒く感じてしまい、私は繋いだ手にきゅっと力を込めたのだった。

今夜の食事場所に選んだのは、タワービルの上層階にある展望レストラン。

眼下に広がるきらびやかな都会の夜景にひとり歓声をあげ、高級な食材がふんだんに使われたイタリア料理がテーブルに並べられるたび、うっとりとため息をつき、一匙一匙口に運ぶたび、何度も喜びの声をあげる。

そんな私を見つめる樹君の表情は、呆れ返っているようにも見えるけれど、そうじゃない。眼差しは温かい。彼の優しさが伝わってきて、照れを感じてしまう。

今目の前にいるのは、副社長としてじゃなくて、彼氏としての樹君。

樹君のカリスマ性に幾度となくハッとさせられる仕事時間も新鮮であり、とっても貴重だと感じるけれど、お互い力を抜いて向き合っていられるこの穏やかでのんびりした時間も大切だと改めて実感させられる。

つまりこうして、樹君とたくさんの時間を共にできている私は、幸せ者である。

「そういえば、さっきのことだけど」

シャンパングラスを静かにテーブルに置き、樹君が思い出したように切り出してきた。

「さっき？」

口元に笑みを浮かべ、彼にぼんやり見惚れたまま、私は〝さっき〟を予想する。

それはお店に入る前のことだろうか。だとしたら、表参道での出来事ぐらいしか、記憶に色濃く残っていない。袴田さんのこと。それから、高級車に乗っていたあの男性のことだ。

「どっち？」

考えていたことを、そのまま疑問として口に出すと、樹君がわずかに眉根を寄せた。ほんの少し間を置いてから、彼が正解を口にする。

「……俺が言いたいのは、あの和菓子屋の男のことだけど」

「袴田さん？」

「そう。またなにかあったら、すぐに相談して。例え、仕事が忙しくて俺がくたばりそうだったとしても、遠慮しないで言ってよね」

「心配してくれてありがとう。そんなことになった時は、ちゃんと言うね」

袴田さんがもしまた自分の前に現れたらという不安よりも、私には樹君がいるという心強さの方が勝ってしまう。

「樹君のこと、頼りにしてるから」

笑みを浮かべながらぽつりと呟くと、樹君はわずかに目を見開いたあと、得意げな顔で「そうして」と返してきた。

私は笑みを深めながら、シャンパンを口に含んだ。お酒も手伝って、本当にいい気分である。

「で？」

先を促すように、樹君が切り込んできた。私はわけが分からなくて、彼を見つめ返したまま「で？」と首を傾げてしまう。

「さっき、『どっち？』って言ったじゃん。千花の思い浮かべたのは、なにとなに？」

そこまで言われて、ようやく合点がいく。

「袴田さんか、路肩に停車したあの車のことかなって思ったの……。あの車に乗っていた男性は、樹君の知り合いなんでしょ？」

心に引っかかっていたことをぶつけた途端、樹君が気乗りしないような顔をした。

「……うん。顔見知りっていうか。面倒くさいからあんまり関わりたくないっていうか」

車内にいた男性と目が合ったのは、ほんの一瞬である。たったそれだけでも、まるっきり樹君とはタイプが違う男性だということは見て取れた。

運転手に秘書っぽい女性。外国の高級車。質のよさそうなスーツ。それらから得たイメージは、どこかの会社のお偉いさんである。

「やっぱり知り合いだったんだ」

「ニューヨークのカレッジに通っていた時からのね。あしらうのも面倒くさくなるくらい、なにかと俺に絡んできて……。あいつも日本に帰ってきてたんだ。帰ってこなくてよかったのに……。あぁ、もう本当に面倒くさい」

確かに年齢は私や樹君とそれほど変わらないように見えた。樹君と同じような環境で育ってきた人なのかなと思うと同時に、軽そうな印象を抱いたのも事実である。

あの男性に対しては、いつか藤城社長が樹君に言っていた言葉が、しっくりくる。

『ＡｑｕａＮｅｘｔの次期副社長っていう身分をちらつかせれば、女はいくらでも寄ってくる』

あの言葉のように、御曹司とかそんな身分をちらつかせて、たくさんの女性とお付き合いしてきたかのような、そんな自由奔放さを感じ取ってしまったのだ。

もちろんそれらは私の勝手な想像である。余計なことは口にしない。

「もしかしたら、そのうちあいつと仕事で顔を合わせることも、あるかもしれない」

「そうなの？」

「可能性の話だけどね」

やっぱりどこかのお偉いさんなんだろうなとひとり納得していると、ふたつ先のテーブルから、女性の嬉しそうな声が響いてきた。見れば、女性が男性に花束をプレゼントされて頬を赤く染めている。

幸せそうなオーラにあてられ、笑みを浮かべていると、樹君が切なげに囁いた。

「花束か……。久々のデートなんだから、俺もそれくらい用意すべきだったかも」

「えっ⁉ そんなことないよ。こうして一緒にご飯を食べられることが、私には最高のプレゼントなんだから」

「ふうん。じゃあ、俺からのプレゼントは今後も必要ないわけね」

「……えっ」

予定より仕事が早く終わって生まれたオフの時間を、樹君が私に使ってくれた。それがとびっきりのプレゼントである。本気でそう思っているのに……いらないとは言ってないけどと、愚痴りそうになる自分がいる。

複雑な気持ちのまま口ごもると、樹君に「顔、おもしろすぎ」と笑われてしまった。

「もうちょっとで千花にプレゼントできるよ」

「私に？」

「そう。黒ネコのぬいぐるみ、あとちょっとで直し完了」

彼からの報告を聞き、私は両手で口を覆う。

樹君が持っていったあのぬいぐるみは今どうなっているのだろうと、時々思いを巡らせることはあったけれど、こんなに早くその報告が聞けるとは思っていなかったのだ。

「あと、仲間も一緒だから。楽しみにしてて」

あくまでさらっと、樹君がついでのように言う。けれどそれは私にとって感動ものの報告だった。口元を押さえている指が震えてしまう。

「仲間ってまさか……もしかして……」

「うん。千花の予想、たぶん当たり」

「樹君、ありがとう！　早く見たい。すっごい楽しみ！」

両手をばたつかせながら声を詰まらせると、樹君がテーブルに両肘をついた。重ねた手の甲の上に顎を置き、思案顔をする。

「……だったら、今からうちに見に来る？　お持ち帰りはまだ無理だけど、ほとんど完成してるし」

「行く！　行きたい！」

樹君からの嬉しい申し出に、私はすぐさま飛びついた。

私のあの不出来な黒ネコが、樹君の手によってどのように生まれ変わっているのか。想像するだけで胸が高鳴ってしまう。

必死に行きたいとアピールしていると、突然、彼がにやりと笑った。

「最初に言っておくけど、俺ひとり暮らしだから。それも踏まえて、もう一回答えて」

私は浮かべていた笑みを引っ込めた。深く考えずに『行く』と言ってしまったけれど、『ひとり暮らしだから』と言われてしまえば、盛り上がっていた気分にストップがかかる。

「これからうちに来る？」

樹君の部屋に行く。それは、ひとり暮らしの男性の部屋でふたりきりになるということだ。私たちは付き合っていて、大人の男と女で……。

ふっと、彼と再会した日のバーでの記憶が蘇ってきた。帰ろうとした私を、今日はホテルに泊まっているからと引き止めた樹君の真剣な表情。あの時の表情が、目の前にいる彼に重なっていく。熱を帯びた眼差しでじっと見つめられ、胸にじわりと甘い熱が広がった。

樹君はきっと、来るなら覚悟の上で来いと言いたいのだと思う。改めて彼の意図するところを想像すれば、恥ずかしくて一気に顔が熱くなっていく。けれど、彼の言葉を聞いて膨らんだ思いはそれだけではなかった。彼に誘われたあの夜からずっと私は〝いつかきっと、樹君と〟と思い続けていたのだ。

初めて一夜を共にする相手は、樹君以外に考えられない。樹君がいい。

覚悟なら……もうとっくにできている。

私はこくりと、彼に向かって首を縦に振った。

レストランを出てタクシーに乗り込み、向かった先にあったのは、超高層マンションだった。樹君に手を引かれながら、そびえ立つそれを仰ぎ見た。

何階建てなのだろうか。見当がつかない。

「……高い」

「四十七階あるからね」

「……ちなみに、樹君は何階に住んでるの？」

「三十八階」

「……す、すごい」

階数は見当がつかなかったけれど、家賃が高いだろうという予想は簡単につく。そして、樹君はなんてことない様子でさらりと答えてくれたが、一般人が気軽に住める場所ではないことも分かる。さすが副社長である。

樹君のあとに続いてマンション内に足を踏み入れた瞬間、口が半開きになった。ホテルを思わせるような豪奢なエントランスに圧倒されてしまう。

照明を反射した大理石の床には汚れひとつない。ローテーブルと座り心地のよさそうなソファがいくつか並べ置かれていて、それらを横目に進んだ先には、コンシェルジュカウンターがあった。ホテルの受付かと勘違いしそうなほど完璧な微笑みを浮かべて、コンシェルジュがそこに控えている。

高層階専用のエレベーターに乗り込み、彼の隣に並ぶ。箱の中にふたりきり。お互い黙っているから、その静けさが高鳴る鼓動を樹君に伝えてしまいそうな気がした。私は樹君に気付かれないようにこっそり深呼吸をする。

三十八階にエレベーターが到着し、樹君が慣れた足取りで内廊下を進む。幅広な廊下の床は高級ホテルと同じで足音も響かない。閉塞感のない明るい廊下を眺めていると、「転ばないでよ」と繋いだ手にぎゅっと力が込められた。

大きな背中を見上げれば、ほんの束の間忘れていた緊張感が蘇ってきた。

しばらく進むと、前を歩く彼の足が止まり、繋いだ手がそっと離れた。

目の前には大きなドア。樹君の家に到着したのだと分かり、鼓動が速くなっていく。

緊張と期待が自分の中で膨らみすぎて、どうにかなってしまいそうだ。

「どうぞ」

先へと促され、私はおぼつかない足取りで、開けてもらった扉をくぐり抜けた。

樹君はさっさと靴を脱ぎ、足早に廊下を進んでいく。ほどなくしてその先の部屋に明かりが灯った。

今夜この部屋で、私はたくさんの初めてを体験する。

緊張と不安で動けずにいると、樹君が不思議そうな顔をして玄関先に戻ってきた。

「今からそんなに緊張しててどうすんの？」

「べっ、別に緊張なんかしてないっ！　全然してない！」

強がって口から出まかせを言うと、樹君が顎を逸らして薄く笑みを浮かべた。

「ふうん、そう……。それじゃあ……お手をどうぞ」

そう言って彼が私に手の平を差し出してきた。

「……えっ、と。これは、いったい……どうしたら」

「雰囲気づくり。リビングまでエスコートしてあげる。女って好きなんでしょ、こういうの」

なにか企んでいるとしか思えず、彼の手の平を思わず凝視してしまう。

「だから、お手をどうぞ」

樹君が慇懃《いんぎん》な所作で言葉通り私をエスコートしようとしている。そういうキャラじゃないと分かっているのに、優美な微笑みを浮かべて、文句のつけようがないくらいカッコよくそんなことをされれば、否応なしにドキドキしてしまう。

私は靴を脱ぎ、冷静を装いながら彼の手を取った。

「……お、お邪魔します」

家に上がった瞬間、彼の口角がにやりと上がった。それに警戒心を抱くよりも先に、手をきゅっと掴まれ、力強く引っ張られた。足がもつれてしまい、抗う余裕などない。

気が付けば、私は樹君に廊下の壁へと押しつけられていた。目の前には楽しそうに笑う樹君の綺麗な顔。手と肩には、彼の手の温かさとひんやりとした壁の感触。

「ようこそ、俺の家へ」

互いの唇がわずかに触れ合い、思わず息が止まった。

意地悪な響きに甘さを含んだ声で囁かれ、一気に顔が熱くなる。全身がじわりと熱を帯びていく。

触れそうで触れてこない彼の唇。身動きがとれずにいる私を見て、彼が小さく笑う。そのままゆっくりと、唇が重なり合った。啄《ついば》むように重なる唇は、柔らかくて温かで、とっても気持ちがいい。そこにどちらからともなく甘い吐息が混ざり合えば、私はもう……キスのことしか考えられなくなっていく。このままとろけてしまいそう。

「朝までゆっくりしてって」

そう耳元で囁かれ、鼓動が一際強く跳ねた。

男性に免疫がないと言っていいレベルの私に、正直、この刺激は強すぎる。

足の力が抜けていく。壁を背にしたまま、私はズルズルとその場に崩れ落ちた。

「これくらいで、腰抜かさないでよ」

「だっ、て、樹君がっ」

突然キスを、それもとびっきり甘いキスをしてくるからだと言い返そうとしたけれど、私を見下ろしている樹君の顔がいつも通り涼しげだったため、私は口を噤んだ。

あんなキスをしたあとなのだから、少しくらい照れを見せてくれてもいいのに、その表情はまったく崩れていない。

しかめっ面で樹君を睨んでいると、また彼が私の鼻先に手を差し出してきた。

「立てる?」

悔しかった。

かわいげがないことは分かっているけど、余裕がないのは自分だけだということが
そっぽを向くと、やや間を置いてから、樹君が「あぁ、なるほどね」と呟いた。

なにがなるほどなのかと睨みつけると、彼の瞳が柔らかく細められた。

「運んでほしいってことね」

「……運ぶ？」

楽しそうな口ぶりで出てきた言葉に、思わず首が傾いてしまう。

「なにを？」

「千花を」

言いながら、樹君が廊下に片膝をついた。私に向かって手を伸ばしてくる。

「えっ……えっ!?　私!?　ちょっと待って。どういうこと？」

「このままベッドに直行してほしいってことでしょ？　了解」

伸びてきた彼の手が、私を抱き上げようとする。まさかの行動に気が動転してしまう。

「ちっ、違うっ！　そんなこと思ってないからっ！　お構いなくっ！」

遠慮なく触れてくる彼の手を、私も遠慮なく押し返す。よろめきながらも、必死に立ち上がった。

「立てないんじゃなかったの？」

「えっと！　……リビングはこっちだよね！」

私はわざと大きな声を出して、不服そうな樹君の声をかき消した。続けて不機嫌なため息も響いたけど、それも聞こえないふりである。

緊張と不安と気恥ずかしさに押しつぶされそうになりながら、ふらふらと廊下を進んでいくと、後ろで彼が「まぁいいか。準備しとこ」と独り言を発した。その言葉が引っかかり、肩越しに後ろを振り返ると、ちょうど樹君が廊下の途中にあるドアを開けたところだった。

「準備？」

弱々しく問いかけると、樹君が不敵に笑う。

「風呂の準備……入るでしょ？　もちろん一緒に」

凍りついた私をその場に残して、樹君は扉の奥へと姿を消した。

緊張で身がもたない。

『一緒に入りたいんだけどなんでダメなの』と、不満の文言を繰り返す樹君を無理やりリビングに残し、私は今、湯船にひとり浸かっている。

湯船も広いし、本来ならのんびりくつろいでしまうところだけど、状況が状況なのでそうもいかない。

両膝を抱えたまま、私は水面から立ち上っていく湯気をぼんやりと見つめた。

少し身動きをすれば、ぴちゃりと音を立てて水面が揺れる。静かすぎて、その音がやけに響いて聞こえた。

もう長いことお風呂場に閉じこもっている。ずっとここにいるわけにもいかないし、ちょっぴりのぼせてしまってもいるから、そろそろあがらなくちゃとは思うのだけれど……このあとのことを考えればドキドキが止まらなくて、動けなくなってしまう。

家にまで上がり込んでおいて、怖気づいてしまったなんて言ったら樹君に呆れられてしまうだろうか。今部屋にひとりでいるだろう彼に、〝話が違う〟とか〝もういや面倒くさい〟とか、そんな風に思われていたらどうしよう。考えてしまえば、だんだんと悲しくなってくる。

緊張と恥ずかしさで逃げ出したくなってしまう気持ちと、覚悟を決めなきゃという気持ちの狭間で揺れ動いていると、かちゃりと脱衣所の方から音がした。入ってくると言ったら、もちろんひとりしかいない。

「千花。大丈夫? 生きてる?」

思わず焦ってしまったけれど、すりガラス越しに問いかけられた言葉を聞いて、肩の力が抜けた。私があまりにも長湯をしているから、心配して来てくれたのだろう。

「うん。ごめん……あの……湯船が大きいから、くつろいじゃった」

できる限り明るく返事をした。

ひとり悶々と無駄な時間を過ごしている間、私は樹君を心配させてしまっていたらしい。申し訳なさに包まれつつも、彼の優しさに触れたことで、少しずつ気持ちが前向きになっていく。

せっかくふたりきりで過ごせるというのに、なぜ私はひとりになってしまっていたのだろう。樹君との時間を大切にしたい。ここまで来たら不安なままでいい。狼狽えたままでもいい。今抱えている気持ち全部で、樹君にぶつかっていくことにしよう。

気合を入れるべく、私は手の平で湯をすくい、ぱしゃりと顔にかけた。そして湯船の縁に手をかけ立ち上がろうとした瞬間、ぱたりとお風呂場の戸が開いた。

「千花遅すぎ。俺も入る」

立ち上がりかけていた身体を、勢いよく半回転させる。ぼちゃりと派手な音を立ててお湯の中へと戻ってしまった。

ほんの一瞬見てしまった光景に、一気に顔が熱くなっていく。お風呂場に入ってきた樹君は裸だった。

「千花？」

名前を呼びかけられたけど、返事をすることができない。彼に背を向けたまま、湯船の隅で身体を小さくさせる。前向きな気持ちはどこかに飛んでいってしまった。頭の中は完全にパニック状態である。

「……千花」

もう一度呼びかけられ、身体が跳ねた。彼の声がすぐ後ろから聞こえてきたからだ。樹君の手が私の肩に触れる。そっと、背中に柔らかな感触が押しつけられた。

「そこで、ちょっと待ってて」

言葉と共に肌で吐息を感じ取れば、背中に口づけされたのだと、否応なしに気付かされる。彼の唇の甘い余韻が広がっていく。身体の奥底にも熱が生まれる。

彼の気配が離れるとすぐに、室内がシャワーの音で満たされた。

ドキドキしながら肩越しに後ろを見れば、身体を洗い出した彼の姿が目に入ってきた。水が滴り落ちる肩から横腹へと視線を落とし……私は慌てて顔を逸らす。

自分とは違う、逞しさ溢れる彼の身体に、頬が熱くなっていく。恥ずかしくて仕方がない。

彼が身体を洗っているこの状態なら、浴室から逃げ出せるかも。むしろ洗い終わってしまったら、もう逃げられない気がする。そう考えれば、身体が勝手に動いた。

「おっ、お先に失礼しますっ！」

宣言しながら立ち上がる。湯船から出て、そのまま一気に浴室から出ようとした。

……したけれど。勢いに身を任せ、身体を洗っている彼の後ろを通り過ぎようとした時、足が泡で滑ってしまった。悲鳴をあげながら、私はすぐそばにあった身体に力いっぱいしがみついた。

「……千花？」

シャワーの水音に混ざって、私の名を呼ぶ彼の声が聞こえてきた。ハッとして顔を上げると、樹君が目を見開いて私を見下ろしていた。

「この状況で大胆に迫ってこないでくれない？」

「そっ、そんなつもりはっ……うわっ！」

私の反論を封じるかのように、樹君に頭からシャワーをかけられてしまった。

「身体熱すぎ。もしかして、のぼせた？」

確かにのぼせ気味である。少しぬるめのシャワーが心地よくて、私は少しだけ冷静さを取り戻した。

「……恥ずかしくて、出られなくて、ずっと入ってたから。のぼせてるかも」

樹君に背中を向けながら素直に打ち明けると、樹君が呆れたようにため息をついた。

「やっぱり。そんなことだろうと思った。迷ってないでもう少し早めに突入すればよかった」

浴室内に響いた低い声音を聞き、先ほどドアの向こうから、心配そうにかけてきた言葉は彼の本音だったのだと気付かされる。

素っ気なくて、呆れているような言葉の裏には、深い優しさがある。それをしっかり私に向けてくれている。

鼓動がまた、とくとくとくと、速くなっていく。彼を愛おしく思う気持ちが大きくなって、胸が甘く痺れた。

「いっ、樹君！」

声が裏返ってしまった。頬が熱い。

「なに？」

胸元を覆い隠している両手に、自然と力が入ってしまう。すっと息を吸い込んだ。

「私、先に出て……待ってるね」

声を震わせながら、やっとの思いでそれだけ告げれば、彼の温かな手が私の背中に触れた。ぴくりと肩が跳ねてしまう。

「うん。すぐ行く。待ってて」

彼もそれだけ言い、浴室のドアに向かって私の身体を押してくれた。

顔を真っ赤にさせながら、なんとか浴室をあとにする。小さな音を立てて戸を閉めたのと同時に、また浴室内からシャワーの水音が響き始めた。

そばにあったバスタオルを掴み取り、それをきゅっと抱きしめながら、私は深く息を吐き出したのだった。


ひんやりとした廊下から、間接照明しかついていない薄暗いリビングルームへと、私は静かに足を進めていく。

滑らかなソファに、力なく座り込み、頬を両手で押さえた。

「緊張した」

無意識に気持ちが口をついて出てきた。本当にその言葉しかない。

視界に、自分が今身に着けているシャツの袖が映り込む。

樹君のを借りているから、私にはけっこう大きめである。彼と自分の体の大きさの違いを実感してしまうと、収まりかけていたドキドキがまた復活する。おまけに、浴室で見た彼の筋肉質な背中を思い出してしまったから、なおさらである。

私は両手の平をじっと見つめた。浴室で足を滑らせ、とっさに抱きついてしまったあの時の感触がまだここに残っている。

筋肉質で逞しくもあるのに、弾力のある綺麗な肌。彼の素肌にもう一度触れたい。抱きつきたい。包み込まれたい。

一拍間を置いて、私は両手をぎゅっと握りしめた。彼にきつく抱きしめられる自分を、そして彼の腕に包まれたらどんな感じだろうと……妄想してしまった。そんな自分が恥ずかしい。

浴室の方から、小さくもシャワーの音が続いていることを耳で確認しつつ、ひとり暮らしには広すぎるリビングルームをキョロキョロと見回す。

家具も普通に揃っているけれど、物は必要最低限しか置かれていない。生活感があまりない印象である。広さがあるから余計にそう感じるのかもと考えたけど、先ほど通りすがりに覗き込んだキッチンも料理をしているようには見えなかった。そもそも彼は多忙を極めている。だからここには寝に帰っているだけと言われても納得してしまう。

室内を眺めていると、中途半端に開いている扉が目についた。しかも、扉の隙間から淡い明かりが漏れている。

私は興味に駆られ、ソファから立ち上がった。なんとなく忍び足で扉に近づいていき、そっと室内を覗き込んだ。

「わぁっ」

思わず声が出た。そこは樹君の寝室だった。リビング同様、間接照明の明かりで淡く照らされているこの部屋も、やっぱりシンプルである。

キングサイズくらいありそうなローベッド。その傍らには背の高い観葉植物が置かれていて……。

「……あっ。嘘っ！」

ベッドの枕元、棚になっている部分にあるものを見つけ、たまらず寝室に足を踏み入れた。

「かわいいっ！」

そこには私が樹君の家に来るきっかけになった、黒ネコのぬいぐるみが置かれていた。しかも、隣には白ウサギのぬいぐるみもある。

樹君と過ごした中学二年の夏休み、私は手芸部の活動でぬいぐるみを二体作ることになった。ひとつは樹君をイメージした黒ネコにし、もう一体をどうしようと迷っていた私に樹君が言ったのだ。『ネコが俺だっていうなら、もう一体は千花しかいないでしょ』と。そうして作ったのが白いウサギであり、その瞬間から、黒ネコと白ウサギは輝く思い出の一部となった。

その時のぬいぐるみは保育園の園児たちにあげてしまったけれど、高校一年の夏、彼に褒めてもらいたくてもう一度作ったのが、今手元にあるこの二体のぬいぐるみだ。黒ネコは私が持ち、白ウサギを樹君にプレゼントしたら、彼がぬいぐるみに苦笑いを浮かべていたのを今でもはっきり覚えている。渡した白ウサギはとっくの昔に捨てられていると思っていたのに、今もまだこうして持っていてくれたことが嬉しくて仕方がない。

改めて見てみると、二体とも見栄えが格段によくなっている。もともと黒ネコの頭には王冠、白ウサギの頭にはティアラのような飾りをつけていた。だけど私が作ったそれは値段も安く、子供のおもちゃと言ってしまえるレベルの代物だった。それが樹君の手によって魔法でもかけられたように変わっていたのだ。カットガラスにスワロフスキーや真珠を使って作られた王冠とティアラは、とても綺麗でうっとりしてしまう。

見栄えはよくなったけど、黒ネコのぽっちゃり体型はそのままだった。手直しすることだってできただろうに、そこも樹君らしくて笑ってしまう。

まずは黒ネコのぬいぐるみをじっくり見せてもらおうと、私は手を伸ばした。

「……えっ」

そっとぬいぐるみを掴み上げ、ハッとする。黒ネコに連なるように、白ウサギのぬいぐるみもくっついてきたからだ。

黒ネコは樹君。白ウサギは私。私たちの分身のような二体の手と手がしっかりと縫い止められている。彼の気持ちに、目頭が熱くなってしまう。

「あっ。もう見つけてる」

笑いをこらえているような声が、静かな部屋に響いた。私はふたつのぬいぐるみを胸に抱きしめながら、勢いよく振り返った。

「樹君っ！」

そして、嬉しさに涙を浮かべながら、戸口に立っている樹君へと走り出す。そのまま思い切り彼の胸へと飛び込んでいった。

「嬉しい。王冠がすごくカッコよくなってるよ。しかもウサギもいるよ。しかもっ、手と手が繋がってるよ……嬉し……嬉しいよ……本当に……」

溢れんばかりの喜びを伝えようとしたけれど、涙声になってしまって、言葉を続けられない。樹君はちょっぴり目を見開いたあと、ふっと口元に笑みを浮かべ、私の腰に手を回してきた。

身体を寄せ合い見つめ合えば、彼の頬にほんの少しだけ朱が差し込んだ。

「手と手はさ……二度と離れないように、くっつけておいた」

「樹君」

目から涙がこぼれ落ち、私は彼の胸元に顔を埋めた。

「十年前、ＡｑｕａＮｅｘｔの海外進出で親と一緒に日本を離れてから、ずっと必死だった。早く一人前の男になって、千花を守れる男になりたくて。泣かせてごめん。けどもう絶対、俺は千花を離さないから」

私たちが離れないようにと、いつかの悲しみを繰り返さないようにと、そんな思いを込めて、樹君はネコとウサギの手を繋げてくれたのかもしれない。そう考えると、喜びで胸がいっぱいになっていく。

私も離れたくない。ずっと樹君の隣にいたい。

思いを伝えたくて力いっぱい抱きつくと、彼もぎゅっと私を抱きしめ返してくれた。

ゆっくりと顔を上げる。視線が重なったあと、樹君が私の額にキスをした。柔らかくて、温かな感触に、自然と目が閉じていく。

瞼に、頬に、彼が優しくキスを落としてくる。唇が離れ、目を開けると、すぐそこに彼の顔があった。また視線が絡み合う。

大きくて黒目がちな彼の瞳。いつものクールな眼差しの中に艶やかな熱量を感じ取ってしまえば、気持ちも、身体も、一気に引き寄せられていく。

つま先立ちになると同時に、唇と唇が重なり合った。身体が熱くなる。高ぶる気持ちのまま口づけも深くなり、彼とのキスにのめり込む。

「……はあっ……」

唇が離れ、私は息を吐く。甘ったるく響いた自分の息遣いに、恥ずかしくなる。こんな吐息を漏らす自分を、私は知らない。

無言のまま見つめ合っていると、樹君が視線を伏せた。彼は軽い力で私の腰を引き寄せると、そのまますり寄るように私の首元に顔を埋める。背中まで上昇してきた大きな手に、力が込められる。力強く抱きしめられているけれど、息苦しくはない。

「千花」

名を呼ばれただけで、心を掴まれる。低く囁きかけられた声は、甘くて優しくて艶めいてもいる。

まだ少し湿っている彼の柔らかな髪に、自分の頬をくっつけた。

「樹君」

胸いっぱいに広がる幸せを噛みしめながら、私も彼の名を呼び返した。

私の首元から顔を上げた樹君と、視線が繋がる。私を見つめたまま、彼が口元に笑みを浮かべた。普段なら見せない……私だけにしか向けないだろうその綺麗な微笑みに、また心が震える。胸が高鳴っていく。

「大好き！」

思いが口をついて出た。樹君はこくりと頷いたあと、はにかんだように笑って、額と額をくっつけてきた。

「俺も好き。自分でも呆れるくらい千花が好き」

色っぽく囁くと同時に、樹君が私の左手を掴み上げ、薬指にキスを落とした。そして私へと目線だけを上げ、にやりと笑う。

いつも通りのカッコよさに甘い色香が追加されてしまえば、鼓動も一気に加速する。口づけをされたそこから、甘い痺れがざわりと広がり、身体の中に淫《みだ》らな熱を生み出していく。

欲情に駆られてしまった自分に恥ずかしさを覚え動揺していると、突然、樹君が私を抱き上げた。横抱きにされ、進んだ先にあるのは……樹君のベッドだった。

不安と緊張、そして期待が心の中でせめぎ合っている。

私の身体をベッドに横たえてから、樹君もゆっくりと身体を倒してくる。仕事をしている時のような真剣な顔をしている。

「千花」

それなのに私の名を呼ぶその声は、とろけそうなほど優しくて、ドキリとさせられる。感じる彼の重みも、わずかに浮かべられた笑みも、私の髪を撫でるその手も、すべてが愛おしい。愛しくてたまらない。

彼の頬に右手で触れると、唇が近づいてきた。ちゅっとリップ音を立て口づけを交わしてから、樹君が私の左手からぬいぐるみを掴み取り、枕元へと転がした。また口づけが落ちてくる。

「……んっ……」

軽く開いた唇の隙間から、突然入り込んできた樹君の舌先に、ぴくりと身体が反応する。絡みつく感触と先ほどよりも煽情的《せんじょうてき》なキスに、翻弄《ほんろう》されてしまう。

思わず声を漏らすと、腹部に彼の手が触れた。驚きでまた身体が跳ねてしまった。

ゆっくりと、彼の手が移動する。撫でるような手つきに、身体が甘く疼き出す。内側に熱がこもっていく。

ブラジャーにたどり着いた指先がそのまま私の背中へと移動する。苦もなくホックを外し、素肌をなぞりながら胸元に戻ってきた。樹君の手が胸に触れそうになり、私は思わずその手を掴んでしまった。

恥ずかしい。樹君に触れられることが、とっても恥ずかしい。今でもこんなにドキドキしているのに、触れられたら自分がどうなってしまうのか、未知の部分に踏み込むことも怖い。

掴んでしまったものの、どうしていいのか分からなくて、彼の手を両手でぎゅっと握りしめた。樹君がおかしそうに喉を鳴らす。

「なんなの、そのかわいらしい抵抗は。完全に逆効果」

「だって」と言い返そうとした時、甘い掠れ声で囁きかけてきた唇が、私の口を塞いだ。深く深く、口づけてくる。

受け止めるので精いっぱいになっていると、力の抜けてしまった私の手の中から逃げ出した彼の手が、誰にも触れさせたことのない膨らみを捕らえた。

彼の手に膨らみの形が変えられていく。ぞわぞわとくすぐったいような、なんともいえない感覚に、身体が震えた。

樹君の唇が首筋をなぞる。たまらず声を発し身を捩ると、尖りかけた胸の先端が温かく湿った感触に舐め上げられた。

「……やっ、あん」

彼の熱と自分の熱が混ざり合い、増幅していく。与えられる刺激の気持ちよさを知ってしまえば、もうなにも考えられなくなっていく。

彼の手がすっと下りる。内腿を焦らすように撫で上げられ、私はまた震えてしまう。

そっと樹君が身体を起こし、私の片膝を持ち上げた。先ほど孤を描くように触れていたそこへ、食《は》むようなキスをした。ぴくりと体を揺らした私を見て、彼が魅惑的に笑う。

「たっぷり、愛してあげる」

色香を纏《まと》った笑みを浮かべたまま、彼は顔を下げていった。

「あっ……やぁっん……樹、君っ……」

与えられる甘美な深みに、ゆっくりと堕ちていく。

好き。大好き。愛してる。

交わす言葉。高まる気持ち。吐息交じりの嬌声《きょうせい》。シーツが擦れる音。

舌先が肌を這い、指先が蜜をすくい、重なり合う音が鼓膜を揺らし、肌が朱に染まっていく。ふたりだけの世界の中で深く繋がり合う。

無我夢中で、私たちは互いの熱を求め合った。

指先を触れられた感触に、私は意識を浮上させる。瞳を開ければ、寄り添いながら眠りについたはずの樹君が、上半身を起こしてこちらを見下ろしていた。裸のままだから、薄明かりの中に白い肌が浮かび上がって見え、綺麗だなと見惚れてしまった。

「ごめん。起こした」

「平気だけど……樹君、眠れないの？」

ぼんやりしながら問いかけると、樹君が掴んでいた私の左手を離した。

「……うん。千花の寝相が悪くて」

返ってきた言葉に、一気に目が覚めてしまった。

「ごっ、ごめん！　もしかして私、樹君を蹴っ飛ばしたりとか……しちゃった？」

一週間分の仕事の疲れが出て、しかもけっこう激しく愛し合った金曜の夜。普通だったらぐっすり眠れるだろうに、私はそれを阻害してしまうほど寝相が悪かったのだろうか。自分は樹君の温もりに包まれ、幸せな気分のまま眠りに落ちてしまったから、なんだか申し訳ない気分になってしまう。

身体を起こそうとしたら、樹君の手がそっと私の肩を掴んだ。そのまま優しい力でベッドに押し戻される。

「冗談だから。単に寝るのがもったいなかっただけ」

「もったいない？」

「そう。俺は寝てる千花を眺めていたい」

それも冗談でしょと言い返したくなったけど、言葉が喉元で止まってしまった。見下ろしてくる瞳も、髪を撫でる手つきも、とっても優しい。本気で言ってくれているのかもと考えてしまえば、途端に頬が熱くなってくる。

「だから、寝て。さっさと寝て。俺の癒しの時間を奪わないで」

「えっ⁉　わあっ、ちょっと待ってよ！」

優しかったはずの彼の手が、突然、私の視界を覆い隠した。両目を隠され、私は慌ててその手を掴みにかかった。

「お陰様で目が覚めちゃいました！　さっさと寝てって言われても、そう簡単に眠れませんっ！」

なんとか手を振り解き、文句をつけると、樹君がにやりと笑った。

「あっ、そう。眠れないんだ。俺も眠れないし、気が合うじゃん。だったら、もう一回いけるよね」

彼の言わんとしていることを理解するのに、たっぷり五秒かかってしまった。

「待って！　眠れます！　速攻で眠れ……んんっ！」

言い終わるよりも前に、樹君が私に覆いかぶさってきた。唇を重ねられてしまえば、私はもう黙るしかない。

「朝まで俺に抱かれてて」

耳元でねだるように囁かれ、鎮まっていた身体が反応してしまう。熱を帯びた眼差しに、抗う気持ちがかき消されていく。

彼の首に手をかけ、そっと引き寄せた。軽く自分の唇を押し当てれば、彼が色っぽく瞳を細めた。

本能のままに身体を熱くさせていく。繰り返された口づけに、吐息が混ざり合った。

幸せな夜は、まだまだ終わらない。

第三章

未来への提案

静かだったオフィス内が、徐々に人々の声で満ちていく。副社長室の掃除を終え、窓際に置かれた観葉植物に水をあげていると、換気のために開け放っていたドアがパタリと閉まった。慌てて顔を向け、すぐに背筋を伸ばす。

「副社長。おはようございます！」

「おはよ」

扉を閉めたのはこの部屋の主である、樹君だった。あくびをしながら自分のデスクに向かっていく彼のあどけない表情がちょっぴりかわいくて、私はこっそり笑みを浮かべた。

樹君との初めての夜から、一カ月が経った。副社長としての彼は日々忙しさを増していて、毎日膨大な量の仕事をこなしている。私も秘書として彼をもっと上手くサポートしたく、日々奮闘中である。

最近、ＡｑｕａＮｅｘｔはブライダル事業にも力を入れ始めている。それは前々からマキダ会長が強く希望していたことでもあり、その思いを引き継いだ形で、そして就任後最初の大きなプロジェクトとして、藤城兄弟は全力を注いでいるのだ。

そして恋人としての彼も、強引なのに優しくもあり……相変わらずだ。外で会うことはあまりなく、たいてい私が樹君の家にお邪魔して泊まらせてもらっている。身体を重ねることもあれば、ただ寄り添って眠る時もあり、私にはどちらも幸せで大切な時間なのである。

また樹君があくびをした。

「眠そうだね」

小声で話しかけると、樹君がデスクの縁に腰をかけた状態で、片手を伸ばしてきた。

「千花。来て」

低く響いた声音の中に、わずかな甘えも含まれていて、思わずドキリとしてしまう。

「……どっ、どうしたの？」

誰もいないと分かっているのに、私は室内をキョロキョロしながら樹君に歩み寄っていく。

彼の前に立つと同時に、そっと引き寄せられた。優しい腕の中に閉じ込められ、気恥ずかしさで身動きできずにいると、樹君が私の首元に顔を埋めてきた。伝わってくる彼の温度が、無駄に私の鼓動を上げていく。

「最近、眠れないんだよね」

彼からの突然の相談ごとに、ハッとさせられる。身を捩って、私は彼の顔を覗き込んだ。

「大丈夫？」

涼しげな顔でどんどん仕事をこなしていくから思い至らなかったけれど、彼は激務をこなしているのだ。だから私には想像つかないくらいのプレッシャーを感じているはずで疲労感は半端ないだろう。もしかしたらそれらがストレスとなって、不眠を引き起こしているのかもしれない。こういう時こそ秘書として、そして彼女としても、彼の役に立ちたいのだけれど……私はベッドに入ると朝まで爆睡できてしまうタイプなので、いい解決方法が思いつかない。

「ええっと……あっ！　枕を新しくするのはどうでしょう？　自分に合うように作ってもらったりとか」

「いらない。原因は、枕が合わないからとかそういうことじゃないから」

苦し紛れの提案は、すぐに樹君により却下されてしまった。

「最近来てくれないから、ぐっすり眠れないんだけど」

私を覗き込んできた瞳が、〝どうしてくれるの？〟と訴えかけてくる。思わず身をのけぞらせてしまった。
「来てくれないって……えーと、それって……」
「千花が、に決まってるでしょ？」
まさかそんなことを言われるなんて思いもしなかった。私は彼と視線を合わせたま
ま瞬きを繰り返す。
実は、樹君が抱えている大きなプロジェクトが一段落つくまで、彼の家に頻繁に遊
びに行くのを控えようと思い、最近、それを密かに実行に移していたのだ。けれど、
彼は私の変化を鋭く感じ取っていたらしい。さすが樹君である。
「最近、来ないよね」
そんなことないとごまかしても、樹君には通じないだろう。私は観念して、思いを
素直に口にした。
「それはね……私がひっきりなしに家に遊びに行ったら、樹君の疲れがとれないいん
じゃないかなとか、同じベッドだと眠りづらいんじゃないかなとか、いろいろ考え
ちゃって」
夜中ふっと目覚めると、樹君が起きていることが時々あるのだ。何度か言われた『千
花の寝相が悪いから』という言葉が、心の中に引っかかってしまっているのも事実で

ある。

気持ちを打ち明けると、樹君が苦笑した。

「俺、もともと眠りが浅い方だから。でもさ、最近ぐっすり眠れる時があることに気付いちゃったんだよね」

「仕事ですごく疲れてる時？」

「違う。千花が隣で寝てる時。千花は俺にとって、最高の安眠抱き枕でもあるってこと」

樹君がそっと顔を近づけてくる。至近距離で微笑みかけられ、鼓動が跳ねた。今さらながら頬が熱くなっていく。

「違う。寝てる時だけじゃないかも。こうして抱きしめてると落ち着く。けっこう癒されてる」

そう言って、また樹君が私の首元に顔を埋めてきた。

「これからは遠慮しないで来て」

柔らかな温かさが首筋を掠め、ぴくりと体が反応する。

「それとも、わざわざ来るの面倒くさい？」

彼の唇が、首筋から耳元へと上ってくる。

「だったら、一緒に住む？」

ねだるように囁きかけてきた声も、私を見つめる瞳も、甘い熱を帯びている。

「同棲しようか」

嬉しい提案に胸がいっぱいになっていく。いつかそうなるといいなと思い描いていた日々が、近いうちに実現するかもしれないのだ。

言葉が出ず涙ぐんでしまった私の頬に、樹君の指先が触れた。彼の表情がわずかに柔らかくなっていく。

見つめ合い、微笑み合い……数秒後、急に樹君の眉根が不機嫌そうに動いた。

「なんか用？」

鋭く突き刺すように、樹君が視線を移動する。

「見世物じゃないんだけど」

言われて私も、彼の視線を追いかけた。閉められたはずの扉がわずかに開いていて、その隙間から誰かが室内を覗いている。

小さく悲鳴をあげ、樹君の腕の中から出ようとしたけれど、私の腰に回された樹君の腕をほどくことはできなかった。

「……わ、悪い。覗いたり、盗み聞きするつもりはなかったんだけど……驚いた」

静かに扉を押し開け、室内に入ってきたのは社長である彼のお兄さんだった。

舞い上がっていた気持ちが急降下する。樹君の腕の中から逃げ出したくて、先ほどよりも必死になったけれど、またもや彼は私を離してくれなかった。

仕方なく言い訳を考え始める。頭をフル回転させる。でも、なにも思いつかない。

「樹、そんな顔をするんだな」

目を大きくさせたまま、社長がしみじみと呟いた。

樹君は社長と私を交互に見る。そしてわずかに首を傾げた。

「俺、どんな顔してる？」

「かわいい顔してるぞ」

「殴っていい？」

「お兄ちゃんお兄ちゃんって俺のあとを追いかけていた、あの頃みたいなかわいい顔をしてたな……。あぁ、小さかった頃の樹の笑顔を思い出したら、なんだか涙が……本当にかわいかったなぁ。『お兄ちゃん大好き』ってあの頃はよく言ってくれたよなぁ。本当にお前がかわいくてかわいくて」

「俺の記憶にはない。鬱陶《うっとう》しいからやめて」

本当に涙ぐんでいる社長に唖然としてしまう。けれど、樹君に冷たくばっさり切り捨てられても、ニコニコと微笑みを浮かべているのを見ると、弟への愛情の深さを感じずにはいられない。

私が樹君と初めて会ったのは小学六年生の時だ。その頃から彼のクールさは変わってない。なにひとつ変わってない。とてもじゃないけど、『お兄ちゃん大好き』なんて言うようなキャラではなかったはずだ。だとしたら、社長が言っているのはもっともっと幼い頃の樹君ということになる。

ちらりと樹君を見れば、ばちりと視線が合った。

今のカッコいい彼から幼い彼を想像する。間違いなくかわいいだろうという結論を頭の中で導き出した瞬間、ぺちりと額を叩かれた。

「ねぇ。今、変な妄想してたよね？」

「してないよ！　かわいかっただろうなぁなんて、そんなこと絶対に思ってない！」

「……千花」

「樹はね、本当にかわいかったんだよ」

「兄さんは黙ってて。今すぐ部屋から出ていって」

樹君に後ろから抱きしめられたまま話をしていると、視界の端で誰かが足を止めたことに気が付いた。ゆるりと顔を向け、息を止める。廊下からこちらを覗き込む格好で、星森さんが立っていた。どうやら社長は室内に入ってきた際、扉を閉めなかったらしい。彼女の瞳は、樹君と、彼の腕の中にいる私に向けられている。表情を強張らせている。

「……星森さん」

思わず名前を口にすると、樹君と社長も扉の方へと顔を向けた。

星森さんが樹君と目を合わせた。なにかを言いたそうに彼をじっと見つめている。樹君も涼しげな眼差しで星森さんを見つめ返している。

ふたりともなにも言わない。ただ黙って視線を通わせている。そこに甘い雰囲気など漂っていないというのに、私はだんだんと落ち着かなくなっていく。言葉はなくても、ふたりの間では意思疎通が図られている……そんな風に思えてならなかったからだ。

私には分からないなにかで通じている。そのことに不安を感じてしまう。

「星森さん、おはよう！」

藤城社長もなにかを察したのか、妙に明るい声で星森さんに話しかけた。けれど星森さんは社長に挨拶を返すこともなく、樹君から目を逸らさぬまま機敏な足取りで室内に入ってきた。私たちに向かってまっすぐ歩いてくる。

気迫に足が後退しかけたけど、樹君は私を離さなかった。逆に、彼の方へと引き寄せられてしまった。

私たちの前で足を止めた星森さんが短く息を吐いてから、口を開いた。

「……おふたりは、付き合っているのですか？」

声がわずかに震えていた。覚悟を持って問いかけてきた言葉だと、すぐに気付かされる。

「そうだけど？」

樹君が〝イエス〟と答えると、星森さんが微かに肩を落とした。

「いつから、おふたりは……」

ほんの数秒、沈黙が流れた。彼女から放たれる緊張感が息苦しくてたまらない。

樹君は私に回していた腕を離し、腰かけていたデスクから立ち上がると、私の横に並び立った。そして星森さんに視線を定めたまま、改めて私の腰に手を回す。そっと引き寄せられた。

「俺はずっと好きだった。ずっと、千花のことを思いながら生きてきた。これからも変わらない。彼女だけを思い続けながら生きていく」

彼のひと言ひと言が強く鮮やかに、それでいて優しくじんわりと、心に染み込んでくる。

遠い昔、樹君と過ごした夏。初めて人を好きになった夏。とても輝いていた。怒ったり、笑ったり、悲しかったり、嬉しかったり、寂しくなったり。そのすべてが、大切な思い出だ。

樹君はもうこの町には来ないと気付かされ、涙にくれた日々。もう会えないかもしれないというのに、彼への想いをどうしても捨てきれなかった自分。様々な記憶が一気に込み上げてきた。

私も樹君と一緒だ。樹君のことを思いながら生きてきた。あの日々があったからこそ、奇跡のような今のこの瞬間がたまらなく愛おしい。嬉しくて、幸せで、心が震えている。涙が溢れ出しそう。

「……樹君」

彼の視線が私へと下りてきた。目と目が合った瞬間、彼がほんの少し口角を上げる。ちょっとだけ表情が柔らかくなった。

言葉だけじゃない。なにげない表情や仕草を見せられるたび、〝好き〟という気持ちが大きくなっていく。そのたび私は彼に恋をする。より深く彼にはまっていく。

「……そっか」

星森さんが小さな声で呟いた。

ハッとし顔を向けると、ちょうど彼女も顔を上げたところだった。

「もうっ！　それならそうと、言ってくれればよかったのに」

笑っていた。けれど、その笑顔が痛みに耐えているようにも見え、私はなにも言えなくなる。

「社長！　午前の会議が始まる前に、会長のところに行かなきゃいけませんよ！　午後も仕事が詰まってて大忙しなんですから、のんびりしている時間はありません！」

この話は終わりだとでも言うように、星森さんは社長へと身体を向け、声を張り上げた。社長は心なしか瞳を大きくさせながら「あ、あぁ。分かってる」と何度も頷き返す。背を正し、眼鏡の位置を戻してから、樹君へと笑いかけた。

「それじゃあ。午後、合流できそうだったら、よろしく頼むな」

「……分かった」

「今日も一日頑張ろう」

「あぁ」

そう言って社長が樹君へと歩み寄った。意気揚々と掲げられた社長の手の平に、樹君が無表情でハイタッチする。ふたりの温度差に思わず笑みを浮かべてしまう。

気合注入するかのように「よし！」と声を発してから、社長は星森さんを引き連れ、室内から出ていった。

「さ。俺たちも始めるよ」

口元に勝気な笑みを湛えながら、樹君がそう宣言する。

星森さんとのやり取りで引っかかっていることはあるけれど、恋人としての甘い時間は終了である。ここからは副社長と秘書。

「はい！」

デスクへ向かっていく彼の背中に、力いっぱい返事をした。


午後三時過ぎ、樹君と共にエレベーターを降り、ビルを出た。そのまま足を止めることなく、ビル出入り口近くの路肩に停車している車へと進んでいく。

車から降りてきた運転手が、樹君を迎えるように後部座席の扉を開けて会釈をした。

秘書の私は助手席へ乗り込もうとしたけれど、樹君に腕を掴まれてしまった。

「一緒に後ろに乗って」

「え？　……あ、はい……」

予期せぬ要求に一瞬固まってしまったものの、運転手がいつか私を実家まで送ってくれた田代《たしろ》さんだと気がつけば、緊張感が緩和していく。

ＡｑｕａＮｅｘｔでは運転手を何人か雇っているけれど、樹君は田代さんには心を許しているようで、彼が運転してくれる時はこんな風に私を自分の隣に座らせようとするのだ。

田代さんも微笑みながら、樹君に促され後部座席へと乗り込む私を見つめている。余計なことはなにもしゃべらないけれど、彼も私と樹君の関係があの夜から続いているのを知っているひとりだと思っていいだろう。

滑るように車が動き出し、私はちらりと樹君を見た。彼はノートパソコンを取り出し、仕事を始めている。

私は視線を前に戻した。邪魔にならないように大人しく座っていよう。

カチカチと樹君がキーボードを叩く音を聞きながら窓の外に目を向けていると、突然着信音が鳴り響いた。車内が静かだったせいかやけに大きく聞こえ、びっくりしてしまう。

樹君はびくりと体を揺らした私に苦笑いを浮かべてから、携帯を手に取った。

「はい……もう車の中。あと三十分くらいで着くと思うけど」

会話の途中で樹君が嫌そうに眉を寄せた。そして「了解」と短く告げて電話を切った。

「……社長ですか？」

「そう。一名、駄々こねてるのがいるから、撮影おしてるってさ」

軽く息を吐いてから、彼の気持ちは目の前のノートパソコンへ戻っていった。

私たちは今から藤城社長と合流することになっている。向かう先は都内の撮影スタジオである。今そこでは夏物だけでなく、力を入れているブライダル関連の撮影も行われているため、今回、社長と副社長も立ち会うことになったのだが……。

「……そうですか」

思わず声に苦々しさがこもってしまった。樹君の言う〝一名〟が、なんとなく予想できてしまったからだ。

きっとたぶん、それは……津口可菜美さんのことだろう。撮影の様子を見に行くと樹君から言われた時、仕事ではあるけれど、楽しみだなと思った。綺麗なモデルさんたちが身に着けたＡｑｕａＮｅｘｔの夏の新作を見られるというのだから、テンションを上げるなと言う方が、無理な話である。

しかし、津口可菜美さんも撮影に参加すると聞かされた瞬間、複雑な気持ちになってしまった。彼女がいる場所に、樹君と一緒に乗り込むのだ。平穏無事に終わるとは、到底思えない。

その上、撮影所には藤城社長に同行している星森さんもいる。朝のやり取りを思い返せば、あの時見た彼女の悲しそうな顔が、頭の中に色濃く蘇ってきた。同時に気まずさで心がいっぱいになってしまう。これからどんな顔をして会えばいいのだろうか。

不意に、キーボードを叩く音がやんだ。

「千花?」

樹君が手を止め、私をじっと見つめている。力強く輝く瞳に、自分の心の内を読み取られそうな気がして、私は慌てて笑みを浮かべる。

仕事に私情を挟んだらダメだ。私の表情や態度ひとつで、ＡｑｕａＮｅｘｔのイメージを悪くしてしまうことだってあるのだから。

樹君の右手が私の頬にそっと触れた。

「なに、その変な顔」

「なっ!　……変と言われましても、もともとこういう顔でして」

「いつもは違うでしょ。なんで俺とふたりきりの時まで我慢してるの?　不安なら不安だって、今のうちに吐き出しときなよ。それくらい受け止めるし」

「……樹君」

彼のひと言で、繕っていた笑顔が崩れ落ちてしまった。ほんの少し逡巡してから、私は思い切って話を切り出した。

「樹君って、星森さんとなにかあった？」

今朝、ふたりは目線だけでなんらかの意思疎通をしていたようだった。そのことが今までずっと心の隅っこに引っかかっていたのだ。

樹君は目を大きくさせて、私を見ている。

「デートに誘われたり、告白めいた言葉を言われたことはあるけど」

今度は私が驚く番だった。私は会社では樹君とほとんど一緒にいるというのに、そんな現場を目の当たりにしたことはない。

「……それって、いつ？」

「昼休みとか、仕事が終わって兄さんと話してる時とか」

言われて気付かされる。昼休みの間は樹君から離れて食事をとることもあるし、もう帰っていいよと言われると樹君より先に会社を出てしまう。その間の彼は知らない。

星森さんが樹君に好意を持っているだろうことはなんとなく気付いていたし、積極的なタイプだと感じていたことも事実なのに、いざこうして実際の出来事として聞かされるとショックである。

「不安になることも落ち込む必要もない。俺、興味ないから」

あまりにもさらりと言われてしまい、私は苦笑いする。

きっと彼は女性から気のある素振りをされることに慣れているのだろう。

「樹君、昔からモテてたもんね。津口さんからも大好きって抱きつかれたりしてたし」

「余計なこと思い出さなくていいから、千花は堂々と俺の隣に立ってて」

秘書としても、彼女としても、人並みにプライドは持っているつもりだけど、カッコよすぎる彼の隣で胸を張れるほど、自分に自信があるわけではない。

「……うん。頑張る」

なんとか笑みを浮かべると、彼が迷うように視線を揺らした。そして自分の足元に視線を落とし、ぽつりと呟いた。

「本当は、今日の夜、食事にでも誘って渡そうと思ってたけど……今渡しとく」

「なにを？」

先の言葉は彼の中では独り言だったのだろう。私の問いかけには答えぬまま、足元に置いてあるビジネスバッグを手に取った。

「はい」

バッグの中から出てきたのは、ＡｑｕａＮｅｘｔの小型のトートバッグだった。

「かわいい！」

お洒落な水玉模様に興奮していると、「中身はうちの商品じゃないけどね」と樹君が補足してきた。

「くれるの?」

「どうぞ」

中身はなんだろう。

好奇心に抗えず、ドキドキしながら彼からトートバッグを受け取った。

「あっ!」

中身が見えた瞬間、私は叫んでいた。両手で取り出しながら、歓喜の声をあげてしまう。

「完成したんだね!」

私の言葉に樹君が頷き返してきた。彼がくれたのは、黒ネコと白ウサギの、あのぬいぐるみである。

「こんなに詰め込まなくてもよかったのに」

ついつい笑顔になってしまう。

今私の手の中にいる黒ネコの身体は、綿がめいっぱい詰め込まれていて、ひと回り太くなってしまっている。硬いくらいだ。なぜこんな体型に?という疑問は浮かぶけど、これはこれで愛くるしい。

黒ネコはちょっぴり変わってしまったけれど、二体の手と手は繋がったままだった。

しっかりくっついている手を指先でなぞれば、幸福感で心が満たされていく。

彼の心遣いに励まされてしまった。余計な感情などすっかり消え去り、とっても幸せである。

「大切にしてよね」

「もちろん宝物だよ！　ありがとう樹君！　嬉しい！」

「それ、言葉だけじゃなくて、態度でも表してもらいたいんだけど」

「え？」

態度で表せとの要求に、私は両手でぬいぐるみたちを抱きしめたまま考える。

やや間を置いてから、私はぎこちなく両手を上げてみた。バンザイだけでなく、「やったー」と言葉もつけてみる。

「ふざけてんの？」

お気に召さなかったようだ。厳しい言葉を突きつけられてしまった。

「ほら」

樹君が互いの身体の間にある肘掛けに肘を乗せ、私に顔を近づけてきた。

「早く」

彼の望んでいることが分かり、頬が熱くなっていく。

ちらりと運転席に目を向けたけど、バックミラー越しに田代さんと目が合うこともなく、樹君がその要求を取り下げてくれそうな様子もなく、私は覚悟を決める。

ゆっくりと、樹君に顔を近づけた。唇と唇の距離が近くなっていく。

「ありがとう。樹君大好きだよ」

笑みを浮かべた彼の唇に、そっと口づけた。伸びてきた彼の手が私の頭に触れ、徐々に口づけが深くなる。

甘い余韻を残しながら唇が離れ、笑みを浮かべれば、彼も笑う。こつりと額と額が触れ合った。

「あ、先に渡しちゃったけど、今日はなるべく早く仕事を終えるつもりでいるから、食事に行こう。夜は一緒にいよう」

私の頭をくしゃりと撫でた彼の手が、ノートパソコンのキーボードの上へと戻っていく。

彼にもらったぬいぐるみたちを胸に抱きしめて、私は笑みを浮かべた。

彼らしさ

都内にある撮影スタジオの前で車を降りると、出入り口近くで待っていた広報部の女性社員が小走りで近づいてきた。

「副社長。お待ちしておりました」

「撮影、おしてるって聞いたけど」

「はい……夏物は撮り終えましたが、ブライダル関連の撮影の方が……今は、休憩に入ってます」

前を歩く女性社員が、最後に歯切れ悪く休憩中だと付け加えた。

樹君が車中で『一名、駄々こねてるのがいる』と言っていた。現場はどんな状況なのだろうと不安を覚えながら、樹君に続いて足早に通路を進んでいく。

通路、そしてスタジオの隅などで雑談していたモデルの女性たちが樹君に気が付き、ほんの数秒だけ動きを止めた。すぐにおしゃべりを再開するものの、彼女たちの興味が樹君へ移ったことは、その表情から明らかだ。聞く気はないのに、『あの人、誰？』『カッコいい』などという声を耳が拾ってしまう。それだけならまだしも、『津口さん』

とか『樹』という名前までも聞こえてきた。

本人の耳にもしっかり入っていたらしい。斜め前を歩く樹君が鬱陶しそうにため息をついたのが聞こえてきて、私は思わず苦笑いを浮かべる。

スタジオ内に入ると同時に、私は「わぁ」と声をあげてしまった。広いフロアの壁沿いに様々な背景が作られている。お姫様の部屋のようなものや、ガーデンやカフェ、アンティーク調の邸宅のものまである。

ついつい足を止め、初めて見る撮影スタジオに目を輝かせていると、樹君が振り返った。なにかを言い淀んだあと、「三枝さん」と私を呼ぶ。差し出すように伸ばされた手がぎこちなく上昇し、妙な手招きへと変わる。ついさっきまで恋人モードだったため、どうやら切り替えに失敗してしまったらしい。

「にやにや笑わないで」

「だって、樹君がすごくかわいいから」

「すごくかわいいとか嫌なんだけど」

小声で言葉をやり取りする間も、樹君はちょっぴりふてくされている。それが照れ隠しのようにも見えてしまえば、たとえ嫌がられようとも、彼がかわいらしく仕方がない。

「おっ！　樹！」

場にそぐわない野太い声が響き渡った。脚立やレフ板などが置かれたその向こう、自然光がたっぷり差し込んでいる大きな窓のそばに、背の高い男性が立っていた。ネイビーのシャツとベージュのチノパン姿で、後ろで髪をひとつに束ねたその男性が、ホッとした表情で樹君に手を振っている。その隣には藤城社長と星森さんが立っていて、ふたりともほんのりと疲れの滲んだ笑みを浮かべていた。

そしてもうひとり、表情を輝かせて勢いよく振り返った女性がいた。津口可菜美さんだ。彼女はＡｑｕａＮｅｘｔの来季の目玉のひとつである純白のウェディングドレスを身に纏っている。総レースのデザインのそれはとっても華やかで、かつ繊細である。

「悪い。今は副社長だもんな。呼び捨てはいけねぇよな」

「いえ。樹で構いません。吉原《よしはら》さん、今回もお世話になります」

「おう！　こっちこそよろしく頼むな」

吉原という名から記憶を辿る。確か、ＡｑｕａＮｅｘｔがずっと撮影をお願いしているカメラマンだ。若々しく見えるけど、たぶん四十代後半だろう。

吉原さんと樹君はまるで引き寄せられるかのように、言葉を交わしながら互いに歩み寄っていく。

私は迷った挙句、後ろへと下がった。樹君の後ろに続くことはせず、少し距離を置いて控えることにしたのだ。

社長たち三人も吉原さんに続く形で歩き出したけれど、途中で津口可菜美さんが吉原さんを追い越した。

「樹っ！　遅い！　待ちくたびれた！」

言葉では文句を言いつつも、笑顔だ。樹君に会えて嬉しいんだってことが、しっかりと伝わってくる。ドレスに負けないくらい、笑顔が眩しかった。

「ねぇどう？　私のウェディングドレス姿！」

そう言って、樹君の前で彼女が両手を広げ、美麗な笑みを浮かべた。

樹君は腕を組み、津口さんをじっと見つめている。

同性の私でも思わず見惚れてしまうくらいだ。男性である樹君ならなおさら、魅力的だと感じることだろう。

ふたりを見つめながら、ぼんやり余計なことを考えてしまう。

「うん。いいんじゃない？」

樹君がはっきりとそう言った。目の前で他の女性を褒められたことと、津口さんの顔が嬉しそうに輝いたことに、ちくりと胸が痛む。

仕事中。今は仕事中。

心の中で繰り返し、嫉妬を追い払おうとした時、樹君が再び口を開いた。

「プリンセスラインだけじゃなくて、Aラインとマーメイドラインのドレスは？」

周りに控えている他のモデルたちを見回したあと、樹君が問いかけた。吉原さんが困ったように頭を撫でる。

「そっちは少し前に撮り終えてて」

「悪いんだけど、担当のモデルを呼び戻してくれない？　俺も実際に着てるとこ見ておきたいんだけど」

樹君が希望を口にするとすぐに、「私が呼んできます」と手が挙がった。スタッフの女性が足早に場を離れていく。

「このドレスが一番華やかだし、宣材として映えるのはこれだと思うけど……」

樹君はそう呟いてもう一度津口さんを見た。顎に手を当て、わずかに目を細めている。頭の中で議論を交わしている、そんな顔だ。

彼が見ているのがドレスだということは明らかだった。褒めたのも、ウェディングドレスを着ている津口さんというよりは、ドレスそのものにだったようである。副社長としてなにをしにこの場に来ているか、それを踏まえて考えれば分かったはずなのに、ヤキモチをやいてしまった自分がだんだんと情けなく思えてくる。

大きく息を吸い込んで、私は気持ちと表情を引き締めた。

「ちょっと待ってよ、樹！　感想はドレスだけ？　私は⁉」

津口さんに腕を掴まれそうになった瞬間、樹君はさらりとした身のこなしでその手を避けた。そして津口さんのドレス姿に改めて視線を走らせてから、顔色ひとつ変えずに感想を述べた。

「津口？　……特に、なんとも」

あっさりとした返事に、津口さんが頰を膨らませた。すぐさま両手を握りしめ、樹君に抗議する。

「ほんとひどい男ね！　ちょっとくらい褒めてくれたって、いいじゃない！」

「綺麗だと思えばそう言う。けど俺、嘘つけないから」

「樹っ！」

藤城社長と吉原さんは、苦笑いを浮かべながらそんなふたりのやり取りを見つめている。

最初こそ殺伐《さつばつ》とした空気が漂っていたけれど、自分のペースを崩さぬ樹君と、それに巻き込まれつつも必死に自分を褒めさせようとする津口さんの姿が、だんだんと場を和ませていった。

みんなが笑みを浮かべる中、私だけが見ていられなくなっていく。視線を足元へと落とした。

周りのモデルたちも、最初は樹君に相手にされていないと津口さんのことを笑っていたけど、だんだんと「お似合いだよね」と口にし始める。

私もそう思ってしまった。悔しいし悲しいけど、向かい合って立っているふたりを見ているうちに、お似合いだなと思わされてしまったのだ。誰もが認める美男美女。その言葉がふたりにはぴったりだった。

カリスマ性のオーラを持つ樹君の隣に立っているというのに、津口さんは負けていない。霞むどころか、樹君がいることにより、さらに華やかさが増した気がした。私ではそうなれないと本能的に悟ってしまった。自分では物足りないのだという現実を突きつけられた気がした。

「相変わらずだなぁ。ほんとふたりは絵になるね」

突然、拍手が響いた。聞き覚えのない男性の声に続いて、樹君が小さく呻いた声も聞こえてきた。セットの椅子に腰かけていた男性が立ち上がった。

「絶対にお前とがいいって可菜美が言い張るだけあるね。藤城の弟さぁ、今すぐモーニング着て撮影に参加しちゃってよ」

笑みを浮かべて樹君に近づいていく男性の姿に、私は身体を強張らせた。その人は、樹君が表参道で袴田さんを追い払ったあと、私たちを追い抜いていった車の中にいたあの男性だった。

樹君は鬱陶しそうに眉根を寄せる。その表情を見て、自分になにかと絡んでくる面倒くさい男だと言っていたことも思い出した。

「……来てたんだ」

「もちろん。今回はうちとのタイアップでもあるし……ほら、俺も実際に見ておきたかったってやつ？　ついでに久しぶりだから藤城兄弟と話もしたかったし？」

軽く告げられたその言葉で、男性がロイヤルムーンホテルの関係者なのだということも知る。

ロイヤルムーンホテルは関東を中心に日本全国、そしてアメリカ、ヨーロッパやアジアにまで事業展開しているハイクラスのホテルである。新たに湾岸エリアに建てられたホテルには充実したブライダル施設が完備されていて、認知度や他との差別化を図る手段として、ブライダル事業に参入するＡｑｕａＮｅｘｔに話を持ちかけてきたのだ。今回のカタログ撮影はそのひとつで、併せて『ＡｑｕａＮｅｘｔ夏の新作発表』と冠する大々的なレセプションパーティやファッションショーをこのホテルで開催したり、新作のウェディングドレスをレンタルドレスの目玉としてホテル側に大きく扱ってもらうことも決まっている。ＡｑｕａＮｅｘｔ側もこれらが力強い一歩になると踏み、手を組むこととなった。

「仕事の話ならいくらでもするけど、それ以外の話はないから……話したくない」

「ホント、性格も相変わらずで腹立つ」

男性は樹君を指さし、津口さんに向かって首を傾げた。

「ねぇねぇ、こいつのどこがそんなにいいわけ？　顔のよさ？　頭のよさ？　肩書？　性格の悪さ？　セックスの上手さ？」

並べられた言葉にドキリとしてしまう。津口さんは一瞬目を見開いたあと、にこりと笑った。

「え～？　全部に決まってるじゃん！」

〝全部〟

そのひと言が、ずんと心に重く響いてきた。数秒、息ができなくなる。

それは今まで考えないようにしてきたことだった。こんなに綺麗な人に好意を持たれているのだから……私と再会する前に男女の関係があったとしても不思議じゃない。ずっと心の片隅に引っかかっていた可能性が、今のひと言で事実となってしまった。

そっか。樹君は津口さんとひと晩を共にしたことがあるんだ。

知ってしまった事実が、重苦しさを増し、心を浸食していく。

彼も大人の男性だと、それに自分と再会する前の話なのだと、頭の中で冷静な意見を並べてみても、心はそれらをすんなりと受け入れることなどできなかった。

樹君が苛立ったように息を吐く。

「なに、血迷ったこと言ってんの？」

まだなにか言おうとしていたけど、戻ってきたドレス姿のモデルたちに気が付くと、彼は気だるげにふたりから顔を逸らし、そちらへと歩み寄っていった。藤城社長が樹君のあとを追っていく。

星森さんはその後ろ姿を目で追いながらも、私の方へと近づいてきた。

「雑誌やテレビで見たことある売れっ子モデルたちがいっぱいいるよ。見てるだけでドキドキしちゃう」

隣に並んだ星森さんが、胸元に手を当てながら深く息を吐いた。緊張が緩和したのか、少しだけ表情が柔らかくなっていく。

「すごい豪華な現場だよね」

「三枝さんもそう思う？　私なんかさぁ、場が華やかすぎて居心地が悪いって思ってる……。でも社長たちはさすがだよね。堂々としてる。むしろふたりとも男性モデルに負けないくらい、イケメンオーラ出してるかも」

スタジオ内を改めて見回してから、藤城兄弟に目を留める。「確かに」と苦笑いした。「あっ。ふたりだけじゃないか。ロイヤルムーンホテルの白濱《しらはま》副社長も引けをとってないもんね」

「……あの男性《ひと》、副社長だったんだ」

ついつい、声に不快さを滲ませてしまった。あの軽そうな男性がロイヤルムーンホテル側の責任者なのかもと予想はしていたけど……副社長だったとは。

ひと口に副社長といっても、いろんなタイプがいるものだ。樹君とはまるで雰囲気が違う。

白濱副社長は、少し長めの前髪をかき上げながら津口さんと談笑している。鼻筋の通った面長の顔は人懐っこい笑みを浮かべていて、その様子はここに仕事ではなく遊びにでも来ているかのようだ。

最初に抱いた軽薄な印象を新たにすることもなく、私は視線を移動させる。

樹君は、藤城社長と吉原さんとの三人で議論をしていた。彼の真剣な横顔に鼓動が高鳴っていく。

やっぱり樹君はカッコいい。真摯な態度や姿勢に目を奪われずにはいられない。肩書なんて関係なく、ここにいる誰よりも彼が一番素敵である。

隣に並んだ星森さんが、軽く肩をぶつけてきた。よろけながらも、私はなにごとかと彼女を見た。

「三枝さんっ。副社長に見惚れてる」

ちょっぴり口を尖らせたあと、星森さんがからかうような笑みを浮かべ、私に身体を近づけてくる。また肩と肩が触れた。

「付き合ってるなら、付き合ってるって、教えてくれればよかったのに！」

「ごめんね。自分たちのことは周りに言いづらくて」

「そうなの？　私だったら、うざがられるくらい自慢しちゃうけどなぁ。〝女、鬱陶しい〟みたいな顔をするあの副社長をどうやって射止めたのか、あとでいろいろ聞かせてよね！」

樹君の好きなところを言えと言われたら、たくさん並べられるけど……どうやって射止めたのかと聞かれても説明できない。自分でもよく分からないのだから。

早くも困っていると、スタジオ内で楽しそうな声があがった。白濱副社長がお腹を抱え肩を揺らしていて、それに対し津口さんは不満そうに顔をしかめている。

津口さんが助けを求めるように樹君を呼んだ。けれど呼ばれた本人は、不快感たっぷりの眼差しを向けてから、拒絶するようにふたりに背を向けてしまった。

そのあとほんの一瞬、樹君が私の方に顔を向けた。目が合い、軽く口元に笑みを浮かべると、樹君もわずかに口角を上げ、少しだけ表情を柔らかくした。

「でもほんと、副社長カッコいいよね……羨ましいな」

切なく呟かれた言葉に、ドキリとさせられる。きゅっと胸が苦しくなった。

「……星森さん」

隣に立つ星森さんの瞳は、まっすぐ樹君に向けられている。彼を見つめる表情は悲しそうでもあり、苦しそうでもあり、そして愛しげにも思えた。樹君が好きなんだと、はっきり伝わってくる。

自分がかけられる言葉などないような気がして、口を閉じると、星森さんがハッとしたようにこちらに顔を向けた。

「って言っても、ほんのちょっとだけだけどね！」

明るく背中を叩いてきた。思ったよりも強い力に足元をふらつかせながら、彼女の優しい気遣いに申し訳なさを感じてしまう。

「そういえば、あのモデルの子。津口可菜美だっけ？　ずーっと副社長のこと話してたよ。知り合いなの？」

「そうみたい」

なんとなくスタジオ内へと目を向け、私は息を詰めた。白濱副社長と目が合ってしまったからだ。しかも相手は、目を大きく見開き驚いている。

私のことを見て、あの日樹君と一緒にいた女だと気付いてしまったかもしれない。なにか面倒なことが起きなければいいのだけれど……。

内心ひやひやしていると、白濱副社長が朗らかに津口さんへと話しかけ、彼女の華奢な腰をそっと押した。津口さんも笑みを浮かべながら、白濱副社長のもとを離れていく。向かう先にいるのは樹君だった。

ひとりになった白濱副社長も動き出す。ニコニコしながらこちらに歩いてくる。そのまま私たちの横を通り過ぎていくことを祈っていたけれど、その願いは叶わなかった。

「どうも」

私の目の前で足を止め、気さくに声をかけてきた。「お疲れ様です」と挨拶を返してから、俯きがちになる。絶対に目を合わせたくない。

「藤城の愛想がある方から、君たちはもともとショップの店員だったって聞いたよ？　どこの店で働いてたの？」

「……社長から、お聞きになられたんですね」

白濱副社長の言い方が気に障ったらしい。星森さんはあからさまに〝社長〟を強調し、言葉を返した。

「ＡｑｕａＮｅｘｔは顔面偏差値高い店員多いって聞いてたけど、納得。ふたりともとってもかわいいなぁ」

「それはそれは、どうもありがとうございます」

愛想笑い全開ではあるけれど、星森さんが会話を続けてくれている。できるならば、白濱副社長の相手を彼女に任せて、私は距離を置きたい。そう思った矢先、星森さんがポケットから慌てて携帯を取り出した。

「宝さんから電話」

私にひと言告げてから、「失礼します」と頭を下げて離れていく。

ふたりきりになってしまった。

恐る恐る視線を上げれば、白濱副社長としっかり目が合った。身を竦めた私へと、彼がにっこり笑いかけてくる。

「みーつけた。初めまして、なんて言わせないよ？」

完全にロックオンされてしまった。逃げ出したいのに、足が動かない。

「君となんとかしてもう一度会えないかなぁって思ってたんだ。どんな手段で探し出そうかなって考えてたとこ。まさか藤城弟の秘書だったなんて。今日、スタジオに来てよかった」

笑みを浮かべながら、白濱副社長がまた一歩距離を詰めてきた。ますます身体が強張ってしまう。

「君、藤城弟とどういう関係？　あっ。副社長と秘書って答えは却下ね」

答えようとしたことを、即座に却下されてしまった。緊張ですぐに次の答えを用意できず固まった私を見て、白濱副社長がおかしそうに笑う。そして笑みを絶やさぬまま、私の顔を覗き込んできた。

「藤城弟にはもう抱かれた？　よかった？　やっぱり他の男と比べてセックス上手いの？」

まさか自分がその質問をされるとは思わなかった。頬が熱くなり、無駄に鼓動も速くなっていく。言い返したいのに恥ずかしくてなにも言えずにいると、白濱副社長がきょとんとした。

「あれ。なんかものすごく初々しい反応。もしかして藤城弟が初めての相手だったり？」

ずばり当てられ、さらに顔が熱くなる。

「あはは。真っ赤。かわいい」

「かっ、からかわないでください！」

「藤城弟って、めちゃくちゃ性格悪いし、人をとことん見下すし、氷点下かってくらい冷めてるのに、そんな男と付き合える君って、絶対ドMだよね」

「ちっ、違いますから！　それに樹君のことも！　すごく優しいから！　そういうこと言わないでください！」

白濱副社長のペースに乗せられちゃいけない。分かっているのに、樹君を悪く言われると、我を忘れてしまう。反論せずにいられなかった。

「俺、絶対嫌だから！」

けれど、スタジオ内に響き渡った樹君の声で、私は一気にクールダウンする。白濱副社長を避けつつ、なにごとかと声のした方を確認すると、ちょうど樹君が不機嫌そうに顔をそむけたのが見えた。

「いい加減にしてほしいんだけど」

「本気で言ってるから！　他の人とじゃ物足りないのよ。樹と組んだ方が、絶対にいいと思うの！　ね、お願い！」

津口さんがすがるように樹君の腕を掴んでいる。樹君は眉根を寄せて、吉原さんを見た。目で『どうにかしてよ』と訴えかけている。吉原さんは頭をかきながら、おずおずと口を開いた。

「俺はね、樹は嫌がるだろうから無理だって言ってたんだけど……さっきふたりで並んでるとこ見ちゃったらさ、なんかイメージ湧いてきちゃって……どうだろう、樹。ここは折れてみないか？　ちょっとだけでもいい。俺に撮らせてくれ」

「はぁっ⁉」

吉原さんに手を合わされて、樹君が盛大に口元を引きつらせている。

さりげなく私の肩に手を回しながら、白濱副社長がことの顛末《てんまつ》を教えてくれた。

「可菜美はね、あのドレスで撮影はしてるんだよ。モーニング着た男性モデルと並んで。でも写真の出来がお気に召さなかったみたいで、相手は藤城弟がいいって言い出したんだよね。まぁ確かに、さっきの男のモデルはいまいちだったけど」

私はさりげなくその手を払いながら、「そうだったんですか」と言葉を返す。

男性モデルとの撮影に居合わせていないから、そのことに関してはコメントのしようがないけれど、さっき向き合って立っていた樹君と津口さんの姿を思い出せば、間違いなく絵になるだろうことは想像がつく。

樹君のモーニング姿。絶対に素敵だと思う。広告としても最高の出来栄えになるだろう。見てみたい。見てみたいけど……その隣に笑顔の津口さんが立つのだと思うと、複雑な気持ちになってしまう。

「嫌。俺はモデルじゃないから。素人引っ張り出さないで」

「素人じゃない！　経験者でしょ！　私はあの時のことも踏まえて言ってるの！　樹とだったら絶対いいものになる」

「ならない……いろいろ腹立ってきたから、この話もうやめてくれる？」

津口さんが放った言葉に、ドキリとさせられてしまった。

「……経験者？」

モデル経験者。樹君からそんな話は一度も聞いたことがない。彼と昔話はする。けれど、それはたいていふたりで共有している思い出ばかりである。

白濱副社長は私がこぼした言葉を、聞き逃さなかったらしい。驚いた様子で顔を近づけてきた。

「あれの話だよ。宣伝ポスター。藤城弟と津口可菜美、あの時まだ中学生だったくせに、ふたりともめちゃくちゃ色気たっぷりで。最初見た時、しばらく目を奪われたよ。今思うと、すごい悔しいけどさ」

樹君のその経歴だって初耳だというのに、樹君と津口さんのそんなポスター、知ってるわけがない。

「覚えてない？　ＡｑｕａＮｅｘｔのキッズブランド、昔ふたりが看板だったじゃん。駅とかビル看板とか街中で目についたから、メディアにもけっこう取り上げられてたけど」

知らなかったことを認めるのも癪に障る。私は返事をせず顔を逸らした。

「あれ？　もしかして知らない？」

この場を離れようとしたけれど、一歩先に進むと同時に白濱副社長の手が私の両肩に触れた。そのまま、もといた位置へと引き戻されてしまう。

「可菜美が言ってる通り、藤城弟と彼女が素材になれば、絶対いい写真が撮れる。来季の追い風になると思うなぁ。ここは社のために、秘書としてあの頑固な副社長に進言してみてくれないかな？」

「私が、ですか？」

進言することは別に構わない。けれど、あの嫌がりようである。私が言ったところで、樹君が意見を曲げることはないだろう。

首を傾げた瞬間、白濱副社長が耳元でこっそりと囁きかけてきた。

「それとも、彼氏が他の女と相思相愛みたいな空気発してるところなんて見たくない？　撮影前からあんなに密着してるし」

言われて、つい樹君たちの方を見てしまった。樹君の腕に津口さんがもたれかかっている。胸を押しつけてるように、見えなくもない。

「藤城弟、下手したらこのまま心変わりしちゃうかもしれないよ。すっかりその気になっちゃって、自宅に可菜美を連れ込むかもね。君は今夜、連絡しない方がいいかも。繋がらなかったらショック受けちゃうから」

「やめてください！　今夜は私と食事の約束してくれてますから！　約束を破ってまで、樹君はそんなことしません！　ぜったいにしません！　適当なこと言わないでください！」

かっとなって言い返すと、ふふっと余裕めいた笑い声が返ってきた。

「必死になっちゃって。君、かわいいね」

さらりと吐かれた言葉に身を強張らせると、彼が笑みを深めた。私を見つめている瞳が、妖しく輝いていく。

「俺、かわいい子大好き。君が俺に心変わりしてくれてもいいんだよ？」

顔を近づけ、そして私の頬に触れ、低く囁きかけてきた。無意識に半歩下がった瞬間、近距離にあった白濱副社長の顔が盛大に歪んだ。

「いたっ！」

いつの間にか、白濱副社長の後ろに樹君が立っていた。しかも白濱副社長の左手を捻り上げている。

「さっきからなんなの？　腹立つからやめて」

「なんだよ！　離せよ！」

「離してもらいたいなら、そっちが先に離れて」

樹君の冷徹な眼差しに射竦められ、白濱副社長は私の頬に触れていた右手を、ゆっくり引っ込めていく。

ホッと息を吐くと同時に、樹君も捻り上げていた白濱副社長の手を解放した。

「かわいい子を口説いて、なにが悪いんだよ」

「腹が立つ相手に対して不快感を露わにして、なにが悪いの？」

副社長同士、睨み合っている。殺伐とした空気を放っているふたりの間に、慌てて藤城社長が入ってきた。

「まぁまぁまぁ。樹、ちょっと落ち着こうな。白濱も、俺の弟をあんまり刺激しないでくれないかな」

樹君にじろりと睨まれ、白濱副社長には肩を竦められ、社長は口元を引きつらせた。

「ほらだって。白濱はもともとこういうキャラだってお前も分かってるだろ？　こいつにとっては挨拶みたいなもんなんだから……とりあえず落ち着こう！」

「キャラだからで許すとでも思ってるの？　俺の彼女だって分かっててやってるよね。口説かないで。腹立つから」

樹君の凛とした声に反応し、スタジオ内にざわめきが起こった。彼の言葉はもちろん彼女の耳にも届いていた。足取り荒く、樹君の後ろから津口さんが姿を現した。

「彼女⁉　なによそれ！　誰、この女！」

憤りたっぷりの眼差しを、樹君の隣にいる私に突き刺してきた。この前以上の迫力だ。思わず身体が強張ってしまう。

藤城社長も白濱副社長も私と同じように感じたらしい。引き気味に津口さんを見ている。

けれど、というかやっぱり、樹君だけはなんとも感じていないようだった。

「俺の秘書。で、彼女」

私たちの関係を、堂々と口にする。

「秘書⁉　……ちょっと待って。アンタのこと、どっかで」

津口さんが私を睨みつけたまま、顔を近づけてくる。怖いから目を逸らしたい。でも、逸らしたら飛びかかってきそうな気がして、それもできない。

目を合わせて数秒後、津口さんが「あっ！」と大声をあげた。

「あの時の女！　信じられない！　どんな手を使ったのよ！　いつの間に樹のもとに潜り込んだのよ！」

「潜り込んだとか、そういうことでは」

「うるさい！　あんたが樹の彼女とか、図々しいにもほどがあるわよ！」

ヒステリックな声を発しながら、津口さんが私に掴みかかってこようとする。けれど、その手が届くよりも先に、私は樹君の温かな手に抱き寄せられていた。

「公私ともに俺の大切な人だから。彼女に妙な真似したら、ただじゃおかない。しっかり覚えといて」

津口さんへ、そして白濱副社長へと視線を流しながら、樹君が自分の考えをはっきりと口にした。言われたふたりは完全に表情をなくしている。

私を包み込む樹君の大きな手を頼もしく感じれば、嬉しさと気恥ずかしさで一気に顔が熱くなっていく。周りの視線もあり、気持ちが落ち着かない。

樹君の顔を見られないでいると、吉原さんが笑った。

「いやぁ。びっくりした。樹の口からそんな台詞が出てくるとは。樹は嫉妬とは無縁の人間だと思ってたよ。お前も普通の人間だったんだな」

「しょうがないじゃん。彼女が絡むと、自分でもどうしようもなくなるんだから」

彼の手が頭に触れ、私は反射的に顔を上げた。目が合えば、彼がはにかんだ笑みを浮かべ、優しい手つきでぽんぽんと頭を撫でてくる。とっても気持ちいい。

「今日は俺の後ろに控えてて。軟派な挨拶方法しか知らない男がいるから、離れないで」

守るからと言われている気がして、自然と笑顔になってしまう。

笑顔になったり落ち込んだり、嬉しかったり嫉妬したり。私もどうしようもない。樹君が絡むと、簡単に気持ちが乱高下してしまう。

けれどやっぱり、最後は彼の言葉に救われる。そのたびに〝好き〟が増えていく。

「ありがとう。みんな衣装部屋に戻ってくれていいよ。少し待機してて」

ドレス姿のモデルたち、それから津口可菜美を順番に見て、樹君がそう切り出した。

同時にそれは、自分は撮影などしないという意志表示でもあった。

呼び戻されたモデルたちは樹君に頭を下げつつ、次々と部屋を出ていく。周りに集まっていたスタッフもそれぞれの持ち場へ戻っていったが、津口さんだけはその場から動かなかった。悔しそうに顔を歪め、拳をぎゅっと握りしめている。

「でもなぁ。樹……」

カメラマンの血が騒いでいるらしい。吉原さんも諦めきれない目で樹君を見ている。おまけに彼の隣に立っている私にまで、眼差しでなにかを訴えかけてきた。

樹君が撮影をするよう私からも頼んでほしそうだけど、私はなにも言わない方がいいように思えた。怒りを露わにしている津口さんの前で発言したら、火に油を注いでしまうような気がする。

「なぁ、樹……」

今度は泣きそうな声で名を呼ばれ、樹君が小さく息を吐いた。

「そんなに撮りたいなら、撮らせてあげる。けどそれは今じゃない。俺がモーニング着る時、ちゃんと呼ぶから……ね?」

最後の『ね?』は、私への言葉。同意を求めるかのような声だった。

結婚式を連想させる台詞。さりげなく私の腰に回された彼の手。目と目を合わせれば、にやりと笑いかけてくる。

否が応でも意識してしまう。未来を期待せずにはいられない。

収まりかけていた熱が一気に戻ってきた時、津口さんがくぐもった声でなにかを呟いた。その声が次第に大きくなっていく。

「……て……やめて……もうやめてよ！　樹はそういうキャラじゃない！　甘ったるい言葉なんて、樹には似合わない！　樹じゃない！」

賑やかだった場が、一瞬で静まり返った。

「似合わないってなに？　俺は思ったこと言ったまでだけど」

「私の知ってる樹は、そんなんじゃない……私がずっと恋してた樹は……」

そこまで言って、津口さんは唇を噛みしめ、私を睨みつけてくる。

すべての矛先が自分に向けられたことを察知し、私は無意識に身構えていた。

「なんでぽっと出のあんたに取られなくちゃならないのよ……どうせ、副社長って肩書に惹かれたんでしょ⁉」

鼻で笑われ、私は眉をひそめた。

「違います！　肩書なんて関係ない。私が樹君を好きになったのは、彼が副社長になるずっと前、小学生の時です。会えなくなってからもずっと好きで、大好きで、どうしても樹君を諦めることができなくて……」

私の言葉が意外だったのだろう。津口さんがほんの数秒、唖然とした表情を浮かべた。

「小学生の時って、どこで樹と繋がってたのよ……私、あなたの顔なんて見たことない」

「それは」と言葉を続けようとしたけれど、私の声は津口さんの大袈裟なため息にかき消されてしまった。

「本当に樹と知り合いだったの？　実際はたまたまどこかで見かけただけとか、単に樹のファンだったとか、そういうことじゃないの？　私は幼稚園から中学校までずっと樹と一緒なの。仕事でも時間を共有してるし、私も樹のそばでファッションの勉強がしたくて、ニューヨークに短期留学だってした。そのあとは頻繁に遊びにも行ってるし、ずっと彼の近くにいたの。付き合いが長いの。樹のことはよく知ってるの！」

生きてきた環境が違うのだから、共有してきた時間に差があるのは当たり前だと分かっている。分かっているのに、樹君との繋がりが一度完全に切れてしまっている私には、その過去はとても羨ましいものだった。

黙ってしまった私の横で、樹君が乾いた笑い声を発した。冷めた表情で津口さんを見ている。

「間違ってはないかもね。確かに気付くと近くにいたし……でもその程度だから」

私の腰に触れていた樹君の手に、軽く力が込められる。彼の存在をより近くに感じた。

「俺のことかわいいって思ったことある？」

「……かわいい？　樹が？」

「彼女にはついさっきそんなこと言われたんだけど」

樹君がにやりと笑うと、津口さんは口元を強張らせた。

「俺だってかわいいと思えばかわいいって、好きだと思えば好きって言う。他の男が彼女に触れれば馬鹿みたいに嫉妬して、四六時中、俺のそばにいればいいのにってふてくされたりもする。彼女の笑顔が見たいから、どうしたら喜ぶかなっていつも考えてるし……」

ひとつ息を吐き出してから、彼が再び口を開く。

「……で？　津口は俺のこと、本当によく知ってるの？」

樹君の鋭い視線に津口さんがたじろいだ。周囲は賑やかなのに、この場だけ凍りついた気がした。

彼の視線が移動する。その先に立っていたのは白濱副社長。樹君と目が合い、彼は嫌そうに身を引いた。

「あぁ、そうだ千花。白濱副社長が知りたいみたいだから、聞かせてあげなよ」

突然の提案に首を傾げた瞬間、樹君が小悪魔的な笑みを浮かべた。嫌な予感がする。

「俺に抱かれた感想」

予感的中。そんな恥ずかしいこと言えるわけがない。言えないに決まってる。むしろ私が言えないのを分かってて言ってる。絶対にからかってる。

白濱副社長も、藤城社長も、唖然とした顔で私を見ている。それがだんだんと次の言葉を待っているようにも見えてきてしまい、私はたまらず首を横に振る。

「俺が抱いたことあるの千花だけなんだから、ここにいる人間で答えられるのは千花しかいないでしょ?」

私だけ？　思わず津口さんを見ると、すぐに目を逸らされてしまった。

樹君と津口さんは関係を持ったことがない。彼の言葉を信じれば、そういうことになる。ありもしない事実に振り回されてしまっていた自分が本当に情けない。

反省モードに入った私に、樹君がこっそりと囁きかけてきた。

「今後の参考にするから、俺も聞きたい」

「さっ、参考ってなに⁉」

「できるだけ詳しく、よろしく」

「無理だから！」

声のトーンを落としつつも、すかさずツッコミを入れると、樹君が眉をひそめた。

「男としては、よくないと思われてたら嫌だし、正直に言ってほしいんだけど」

「そんな、よくないなんて思ったことなんて一度も……だって、逆に、私……」

気持ちいい、と正直に言うのが恥ずかしくて、歯切れ悪く言葉を続けていると、また樹君がにやりと笑った。

「だよね。俺に抱かれてる時の千花、普段からは想像つかないくらい色っぽい顔してるし、すごい気持ちよさそうだし」

「だったら聞かないでよっ！」

手の平の上で遊ばれていると分かれば、さらに頬が熱くなっていく。

微かに肩を揺らして笑っている樹君に文句を言おうとした瞬間、カシャンと、近くの機材になにかがぶつかった。

「もういい！　私、着替える！」

津口さんは足元をよろめかせながら身を翻したあと、ヒールを響かせ離れていく。

じっとその後ろ姿を見つめていると、白濱副社長が「拗ねちゃった」と呟いたのが聞こえてきた。続けて、樹君が短く息を吐く。

「さてと……今日の撮影データ、見せてもらいたいんだけど」

樹君が願い出ると、すぐに吉原さんが「あぁ」と応じる。頭を切り替え、次の行動に移れている樹君とは違い、私は津口さんのことが気になってしまう。

津口さんの後ろ姿を目で追っていると、こちらへ向かって歩いてくる星森さんと彼女の肩がぶつかった。星森さんはよろめき、その場に片膝をつく。津口さんも足を止めた。威圧的に星森さんを見下ろしてから……こちらへと顔を向ける。

目が合ってしまった。胸に、怒りの感情を突き刺された気がした。息が止まる。

樹君に「三枝さん」と呼ばれるまで、私は身動きがとれなかった。

「忘れたの？　ちゃんとついてきて」

「……はい……い、今行きます」

すでに歩き出していた樹君が振り返り、私を見ている。

津口さんの残像を必死に振り払い、私は樹君のあとを追いかけたのだった。

そのあと、殺伐とした空気を残したままスタジオでの撮影は終わった。吉原さんの事務所に移動し、撮影データに関しての打ち合わせを終えた樹君と私は、事務所を出て近くの洋食屋で夕食をとってからタクシーに乗り込んだ。

樹君が私の住所を運転手へ告げると、ゆっくり車が動き出す。シートにもたれかかり、樹君からのプレゼントが入ったトートバッグを膝の上に置いた途端、今日一日の疲れがじわりと広がった気がした。

時刻は午後十一時を迎えようとしている。車は交通量の少ない道路を快適に進んでいく。樹君が気だるげに前髪をかき上げた。

「……さすがに疲れた」

「お疲れ様です」

そっと樹君の膝に触れると、彼が私に笑みを向けた。

「千花もね」

そう言って、私の手を大きな手で包み込む。とっても温かい。疲労感と、タイヤの刻む音と、手の温もりと、そばにいる安心感で、徐々に瞼が重くなっていく。

車はスムーズに進んでいるけれど、自宅までまだ少し距離がある。眠らないように気を張っていなければと思い樹君に話しかけるけど、だんだんと言葉が途切れ途切れになってしまう。

「眠い？」

樹君が苦笑いしている。

「いいよ、俺にもたれかかって寝てて。着いたら起こしてあげる」

「そんなこと……悪いよ……」

自分よりもっと疲れているだろう彼の肩を借り、眠るわけにはいかない。

「悪くない」

彼の手が私の頭をそっと撫でてくる。心地よくて、瞼の重みが増してしまう。

「おいで、千花」

甘く響いた低い声と優しげな微笑みに、とくりと胸が高鳴った。

「……うん」

悪いなと思いながらも、違う感情が勝ってしまった。

樹君に甘えたい。

私はすり寄るように、彼の肩に頬をくっつけ、目を閉じた。抱きつくように彼へ手を伸ばす。優しく撫で続けてくれる彼の手に、今日一日の緊張が解けていく。

樹君に触れてドキドキすることも多いけれど、やっぱりそれだけじゃない。私も一緒だ。彼の存在に癒されている。

「……樹君……」

「ん？」

瞳を開け、彼を見つめる。

「今日は、一緒に眠りたい」

このままそばにいたい。樹君の隣で朝まで眠りたい。

「泊まってもいい？」

樹君が手を止めた。ちょっぴり目を大きくさせたのち、笑みが戻ってくる。

「すみません」と樹君が運転手に声をかけた。そして目的地の変更を告げる。

私はぎゅっと彼を抱きしめた。彼の手の温もりを感じながら、ゆっくりと瞳を閉じた。

第四章

白濱副社長の乱

多忙な中でも『同棲しようか』という彼からの甘い提案事項はしっかりと進行中である。新しい物件を探す時間がなかなか捻出できないため、私が樹君の家へ引っ越すということで話は決まり、ここ最近、私はその準備に追われている。

同棲を始める記念にと、今夜はお揃いの食器類を買いに行く予定だったのだけれど、物事は予定通りに進んでなどくれなかった。

午後に来社した雑談好きの白濱副社長とのミーティングは予想以上に長引き、そのあと樹君はマキダ会長に呼ばれ、しばらく会長室にこもったあと、会長や藤城社長、宝さんたちと外出することとなった。

星森さんと社に残った私は、雑務を終えたら帰宅していいと言われたのだけど、出かけざま樹君に『できるだけ早く戻るから』と甘く囁きかけられてしまえば、買い物に行けるかもという望みを捨て去ることはできなかった。

結局、家に帰る気持ちになれず、私は仕事を終えたあと、こうして街中をうろうろしてしまっている。

寂しさを引きずりながら、お気に入りの雑貨屋を出た瞬間、小さくお腹が鳴った。空腹に負けそうになる。
もう家に帰るべきなのかもしれないと考えていると、携帯が鳴った。すぐさま確認する。樹君からの着信についつい口元が綻んでしまった。
《お疲れ》
「樹君も、お疲れ様！」
元気よく言葉を返すと、電話越しに彼が笑った。耳元がくすぐったい。
《仕事終わったからこのまま直帰できるけど……もしかして、今外にいる？》
「うん。まだ帰ってない。会社の近くにいるよ」
《そのまま待ってるなら、そっちに向かうけど。どうする？》
「待ってる！」
《了解。どこか店にでも入って時間潰してて。近くになったらまた連絡する》
私も「了解」と返し、電話を切った。歩き出せば、自然と笑顔になっていく。
時間が遅くなってしまったから、お店を見て回る時間はあまりない。そこに関しては残念だけど、樹君とデートができるのだと思えば楽しみな気持ちが一気に膨らんでいく。

通りの先に、以前から気になっていたカフェのお洒落な看板が見えた。そこで紅茶を飲みながら樹君を待つことに決め、歩くスピードを上げた時、すぐ近くでクラクションが短く響いた。思わず足を止め、車道へと目線を移動する。一瞬、樹君かと考え、すぐに思い直した。社用車に似た車が何台か路肩に停車しているけれど、そこについさっき取引先を出た樹君がいるはずがない。

私は再び歩き出した。

店内に入ると、すぐに女性の店員が歩み寄ってきた。

「二名様でよろしいですか？」

「……えっ？」

笑顔での問いかけに、ドキリとさせられる。店員が自分の後ろへと視線を向けたため、慌てて背後を確認した。

「はい！　ふたりです！」

「しっ、白濱副社長⁉」

いつの間にか、後ろに白濱副社長が立っていた。しかもなぜか私への店員の質問に、彼がニコニコしながら答えている。

開いた口が塞がらない。状況が飲み込めずにいる私などお構いなしに、店員と白濱副社長が話を進めていく。

「こちらへどうぞ」

「あ、いえ……あの、私はひとりで」

「いいからいいから。千花ちゃん行くよ」

「ちょっ、ちょっと待ってください！　よくないですっ！」

がちりと手を掴まれてしまえば、もうどうすることもできなかった。私は白濱副社長に窓際の席へと連行される。

「ほら座って座って。なに食べる？　俺はそうだなぁ……ピザでも食べようかな。千花ちゃんはなに食べる？　……うーん、そうだなぁ……」

しかめっ面をして席に着くのを拒んでいたけれど、このままだと白濱副社長が勝手に料理を頼んでしまいそうな気がして、私はため息と共に席へと腰を下ろした。

「待ってください！　私、食事をするつもりはありません。少しだけ時間を潰したくて寄っただけですから」

テーブル越しに向き合うと、白濱副社長は頬杖をつき、にこりと笑いかけてきた。

「時間潰し？」

「そうです。このあと、予定があるので」

「藤城弟とデート？」

無邪気な微笑みが、ほんの少し意地悪く見え、私は眉根を寄せた。

「そ、そうですけど」

「なーんだ。千花ちゃんと楽しくご飯を食べてもっと仲良くなれたら、このまま明日の朝まで独り占めできると思ってたのに」

「どうしたらそういう発想に……それから、できれば〝三枝〟と呼んでもらえますか」

「ああ、残念だなぁ。でも弟が来るまでは千花ちゃんを独り占めできるってことだし、いいか。外に車も待たせているし、今日のところは短時間で我慢する」

「私の話を、ちゃんと聞いてください！」

うやむやにさせてなるものかと語気を強めて注意してみたけど、白濱副社長にはまったく効かない。あははと、私を見て楽しそうに笑っている。

戻ってきた店員に、白濱副社長はコーヒーを、私は紅茶を注文する。厨房へと向かっていく店員を見送りながら、こっそりとため息をついた。

しばらくは逃げられない。そう覚悟を決めて、私は白濱副社長へと顔を向けた。

「お帰りになってから今まで、この近くでお仕事を？　そもそも、どうしてここに？」

「そうそう。ＡｑｕａＮｅｘｔを出てから、続けて一社顔を出して……そっちはすぐに済んだんだけどね。そのあと、可菜美から電話がきて、話があるっていうから行ったよね。彼女の所属する事務所に」

「そうだったんですか……白濱副社長は、津口さんともよく会うんですか？」

「会うよ。友達だからね。でもさっきのは仕事相手としてだけど。そっちにも電話かかってこなかった？　ものすごくご機嫌斜めに」

藤城社長には何度か電話がかかってきていたけど、その中に津口さんからの電話が含まれていたかどうかまでは把握できていない。私は首を横に振る。

「そっか。ＡｑｕａＮｅｘｔでもちょっとした騒ぎになってるだろうなと思ってたけど、違ったみたいだね。俺も電話で済ませばよかった。怒りと愚痴と千花ちゃんへの嫉妬で疲れちゃった」

「……お、お疲れ様です」

話の中にさりげなく自分の名前を入れられて素直に口元を引きつらせると、白濱副社長がまたにこりと笑った。嫌な予感を覚え、ついつい身構えてしまう。

「本社に戻ろうとしたら、通りを歩く千花ちゃんを発見して、追いかけてきちゃった。千花ちゃんに聞きたいことがあったんだよね」

「……な、なんでしょう？　答えられる質問でお願いします」

「前に、小学校の時から藤城弟が好きだったみたいなこと言ってたよね」

頷き返すと、白濱副社長が自分の身体を両手でがしりと抱きしめた。

「それで確か、藤城弟の身体が忘れられなくて、毎晩身悶えてたんだよね」

「違います！　絶対にそんなこと言ってません！」

大きく首を振って否定すると、「違った？」と白濱副社長がとぼけた顔をする。

注文の品を運んできた女性店員へと、白濱副社長は優雅な笑みを向ける。心なしか頬を赤くしながら、店員は店の奥へと戻っていった。

ちらりと周りに目を向ければ、白濱副社長が女性客の視線を集めていることに気が付いた。軽い性格を知っているからか、私はなんとも思わないけれど、やっぱり白濱副社長も樹君と同じイケメンの部類に入るようだ。樹君と、同じ……。

「あの。白濱副社長もニューヨークにいたんですよね？　樹君はどんな……」

言葉にはしたものの、その先を口にするのを迷ってしまう。渋面のまま口を閉じた私とは逆に、白濱副社長がまた笑いかけてきた。

「藤城弟がどうしたの？」

話してみなよと人懐っこく微笑みかけられれば、警戒心が少しずつ和らいでいく。

白濱副社長に対し、初めて親しみを抱いてしまった。自然と言葉が出てくる。

「樹君はどんな様子でしたか？　私本当は、樹君のこと知らないことだらけなんです。一緒に過ごしたのだって短期間ですし。ニューヨークに行っていたことも知らなかったくらいで……追いかけていけた津口さんを羨ましく思ってもいたり」

徐々に肩が落ちていく。自分がなんだか情けない。

白濱副社長が大きな瞳で私を見つめながら、口に運びかけていたコーヒーカップをソーサーに戻した。

「へぇ。そうなんだ……。俺ね、藤城兄弟とはカレッジが一緒だったんだ。兄とは授業でよく顔を合わせて、同い年なこともあって仲良くなってさ。それから弟とも話すようになったんだけど。藤城弟はどこにいても藤城弟だよ。小生意気なあのまんま。魅惑的なおねーさんに言い寄られても『あんたに興味ないから』の一点張りで、男としての本能が欠如してるかわいそうな子に見えてたけど」

くくくと喉を鳴らし、白濱副社長は私に悪戯っ子のような笑みを向けてくる。

「興味ない。それこそ言葉通りだったんだなって今は思うよ。興味ある対象には、人間らしい正常の反応をするってことを知っちゃったからね」

私を見つめていた瞳が、ふいに熱をはらんだ。妖しく輝いたことに、ドキリとさせられてしまう。緩み始めていた気持ちが、一気に引き締まっていく。白濱副社長に対する警戒心が戻ってくる。

「興味あるのは千花ちゃんだけ。一途にベタ惚れ。予想外の展開。重いなぁとか怖いなぁと思ったら、俺に相談してよ。助けてあげるから。だから連絡先教えて」

「けっこうです！」

「じゃあ、俺のだけ教えておくね」

「それもけっこうです」

ついでにといった素振りで胸元から携帯を取り出した白濱副社長に、すかさず断りを入れた。途端、彼が泣きそうな顔をする。苦笑いするしかない。

白濱副社長は座席の背にもたれかかり、頭の後ろで手を組んだ。

「興味ないって涼しい顔してたくせに、欲しいものは確実に手に入れてくあたり、嫌味に思えてくるなぁ。人に絶望感を与えたことはあっても、自ら味わったことなんてないんじゃないかな。ああ、苦しめてみたい」

「……けっこう屈折してますね」

私の嫌味は聞こえなかったようだ。なにかを閃いてしまったらしく、こちらへと身を乗り出してくる。

「俺がいつの間にか千花ちゃんと仲良くなってたら、藤城弟も焦るんだろうなぁ」

「ど、どうでしょう」

愛想笑いをしつつ、紅茶で喉を潤わせる。ソーサーにカップを戻すと同時に、身体が強張った。私の手を包み込むように、白濱副社長が触れてきたからだ。

「仲良くなりたいな」

甘え声での要求に、手が震えてしまった。突然の行動に思考が追いつかない。

完全に動きを止めてしまった私に、また白濱副社長が笑いかけてくる。

「千花ちゃん」

名前を呼ばれ、ぞくりとした瞬間、座席下の手荷物入れからメロディが鳴り響いた。それにハッとさせられ、私はすぐさまその手を払いのけた。

「え？　藤城弟？　まさかどこかから監視されてるとか？　だったら怖いなぁ」

怪訝な顔で店内やら窓の外を見ている白濱副社長に「そんな馬鹿な」とツッコミを入れつつ、慌ててバッグの中から携帯を取り出した時、

「……あっ！」

バッグの中に入れていたぬいぐるみを、ぽろりと床に落としてしまった。すぐに拾い上げようとしたけれど、目の前の彼の方が動き出すのが早かった。

「千花ちゃん、なにか落としたよ……これって……」

拾った二体のぬいぐるみを、白濱副社長はじっと見つめている。

「藤城弟からのプレゼント?」

言い当てられたことに、頬が引きつってしまう。

「これ、異様な体型だけど、まさか中に盗聴器とか仕込まれてたりして」

「まさか! 樹君がそんなことするわけないじゃないですか!」

「えっ。本当に藤城弟からのプレゼントだったのか。だったらありえる。今さっきも監視してたかのように邪魔されたし」

「違います。さっきの着信は友達からです」

樹君からではない。親友の椿からメールが送られてきたのだ。事実だけど、白濱副社長は半信半疑といった様子だった。「ふーん」と納得いかないような声を発しながら、手の中でぬいぐるみを弄んでいる。

「壊さないでくださいよ。とっても大切なものですから」

本当は返してと言いたいところだ。けれど、ぬいぐるみを見る彼の瞳が真剣なものに変わっていったことに気付いたため、私は注意するだけにとどめた。

「……なかなかかわいいね」

「ありがとうございます。私もそう思います。宝物です」

褒めてもらえたことがとても嬉しくて、笑みをこらえきれずにいると、白濱副社長が苦笑いした。

「千花ちゃんはかわいいね。藤城弟のものなのが残念だよ」

自分のことまで褒められてしまった。思わず顔が熱くなる。

慣れない褒め言葉に上手く反応できずにいると、「ほんとかわいい」とまた囁きかけてくる。さらに熱が上昇してしまった。

白濱副社長がぬいぐるみを弄っていた手を止めた。なにかに気付いたらしく、「ん？」と小さく声をあげる。

「どうかしましたか？」

「……ここだけ縫い目が」

言われて、私は椅子から腰を浮かし、ぬいぐるみへと顔を近づける。

気にも留めなかったけれど、黒ネコの左腹あたりの縫い目だけが妙に乱雑である。

左手は白ウサギと繋がっているため、それに隠れ、今まで気付かなかったのだ。

あとで私も確認してみようと考え、縫い目を指でなぞっている白濱副社長から携帯へと視線を落とすと、再び手の中で音が響いた。抜群のタイミングでの樹君からの着信に、心が躍る。

「今度こそ、藤城弟？」

「はい！　すみません。ちょっと外します」

私は白濱副社長に頭を下げつつ、入口付近へと移動する。

《俺だけど。あとちょっとで社に着く。十分もかからないと思う。今、どこにいる？》

「カフェで紅茶飲んでるよ。私もそっちに向かった方がいい？」

《いや。ゆっくり飲んでて。俺がそっちに迎えに行くから》

樹君が来てくれるというのならば、白濱副社長が一緒にいることを前もって言っておくべきだろう。どう言い出そうかと考えながら、なんの気なしに席へ視線を戻すと、白濱副社長がぬいぐるみたちを、そっとテーブルに置いたのが見えた。

ちゃんと大切に扱ってくれている。そのことにほんのり心が温かくなる。

《千花、聞いてる？　店の場所教えてほしいんだけど》

「えっ。あっ。ごめん……えぇと、場所は」

手帳を広げ、なにかを書き始めた白濱副社長に気を取られていたため、樹君から注意を受けてしまった。店の場所を伝えると、すぐに《分かった》と返事がきた。そのまま樹君が電話を切ろうとしたから、慌てて「待って」と引き止める。

「あのね。実は今……」

白濱副社長と一緒なの。そう続けようとした瞬間、レジの前に白濱副社長が現れた。微笑みながら、私に向かってひらひらと伝票を振って、お会計を始める。聞こえてきた支払金額からして、私の分まで払ってくれているようだ。

私のお財布は椅子の下。バッグの中だ。慌てふためいていると、あっという間にお会計を済ませた白濱副社長がこちらに向かって歩いてきた。

「千花ちゃん、今日はありがとう。とっても楽しかったよ。藤城弟にもよろしく言っておいてね」

「あのっ、ちょっと待ってください！」

「またね」

茶目っ気たっぷりの笑顔を見せてから、店のドアを押し開けた。

「白濱副社長！」

店を出ていこうとする彼を大声で呼ぶと、電話の向こうから《は？》と低い声が聞こえてきた。

《白濱副社長……って、なんであいつと一緒なの？》

「偶然会って一緒だったの。それで今、帰られました」

　店の扉を振り返り見てから、とぼとぼと空っぽになってしまった席に戻っていく。大きな借りを作ってしまった気分である。

《偶然ね……。ま、大人しく帰ったんなら、それでいいけど。すぐに行くから、千花はそこにいてよ》

「はーい」

　電話を切ると、テーブルの上に名刺と紙切れがあることに気が付いた。そのふたつを手に取り、私は息をのむ。

「ちょっ！」

　テーブルにはカップがふたつしか置かれていない。

　慌てて窓の外を見ると、白濱副社長の背中が見えた。待たせていた車に乗りこむ直前、彼がこちらを振り返った。その手には二体のぬいぐるみがある。私に向かって黒ネコの手を振ってみせてから、にっこりと笑い、車の中に消えていった。

「……嘘でしょ」

　車は走り去ってしまった。ただただ呆然としてしまう。

【人形、ちょっと貸して。絶対にあとで返すから。でもこのこと、藤城弟には内緒だよ。言ったら、人形を無事に返せないかも。なるべく早く返すために、プライベート

の番号に電話して。待ってるよ】
紙切れに残されたメッセージから分かることは、大切なぬいぐるみを人質に取られてしまったということ。名刺の裏には直筆で携帯番号が書かれている。
「なんでこうなるのよ！」
私は紙切れをくしゃりと握り潰し、彼と同席してしまったことをものすごく後悔した。

たくさんの愛しさが詰まっている

「私のなにがダメだっていうのよ！」

副社長室のデスクでパソコンに向かっていた樹君が手を止めた。デスクの前に鬼の形相で立っている津口可菜美さんを見上げ、少し大袈裟にため息をつく。

「なにって。何度も説明した通りだけど？　うちのドレスを一番綺麗に見せてくれるモデルに、メインを務めてもらうことにした。理由は明確」

「私は嫌よ。なんで他の子に譲らなきゃならないのよ！　納得いかない！」

「なんて言われようと、もう決めたことだから。決定は覆《くつがえ》さない」

赤くさせた顔を歪め、声も荒らげ、津口さんは自分の思いを樹君にぶつける。一方、樹君も攻撃的な眼差しを彼女に向け続けている。あまりの重苦しい空気に、部屋の隅に控えていた私は、自然と息を殺してしまっていた。

白濱副社長にぬいぐるみを持っていかれた翌日、会話の中で出た津口さんご立腹の理由を知ることとなる。ロイヤルムーンホテルとタイアップで進めているブライダル関連のポスターやカタログの表紙を飾るドレスが、プリンセスラインからマーメイドラインのものへ変更となったのだ。つまりそれは、津口さんではなく、他のモデルが〝顔〟になるということでもあった。

「ＡｑｕａＮｅｘｔの広告塔は私よ！　絶対に譲らない！」

津口さんの悲痛な叫びが室内に響き渡る。聞いているだけなのに体が強張ってしまった私とは逆に、樹君は口元に笑みを浮かべた。

「確かに今まではそうだったかもしれない。けど、社として新しい一歩を踏み出そうとしてる今、その広告塔ってのを新しい顔に変えるのもひとつの手、だよね」

冷たく言い放っているのに、どことなく楽しそうにも聞こえてくる。津口さんは顔色をなくしていく。唇が震えている。

「やめて。嫌よ……ＡｑｕａＮｅｘｔという名で私の顔を思い出す。そうなりたくて頑張ってきたし、実際そうなれてると思ってる。これからも変わらず、そうあり続けたいと思ってる。そのためにはどんな努力も惜しまない」

震えを交えた言葉が途切れれば、副社長室が沈黙に包まれた。津口さんは黙って樹君を見つめている。樹君は何度目かのため息をついたあと、椅子から立ち上がった。

「どんな努力も惜しまない、ね……この前の撮影もそうだったと言えるの？　プロとしていい仕事ができたと胸を張れる？」

樹君の言葉に、心の中で〝確かに〟と相槌を打ってしまう。

私も撮影データを見せてもらったけれど、津口さんが男性モデルと寄り添い写っているものは、素人目にもあまりよく思えなかった。他のモデルさんたちは、幸せそうな表情でドレスをより一層輝かせているように見えた。私もいつかこうなれたらいいなと乙女心をくすぐられたのだが、津口さんだけそう思えなかったのだ。

あの時、津口さんは完全に樹君と並んで撮る気になっていたのかもしれない。だから撮影に身が入らなかった。そのことが、ＡｑｕａＮｅｘｔ側が求めていたものを汲み取れず、プロとして仕事を全うできていないという結果を生んでしまったのだ。

「さっきも言ったけど、決定は覆らない」

冷たく釘を刺しながら、樹君は副社長室のドアを開け放った。

「こっちも仕事詰まってるから、話はここまで」

言葉と態度で、もうここから出ていってくれと告げる。津口さんは憤りを露わにして樹君を見ている。だけど樹君はまったく動じることなく、涼しげな顔のまま、手の平を廊下へ指し向けた。

その瞬間、津口さんが殺気立ったけれど、それはすぐに鳴りを潜めていった。瞳を潤ませ、諦めと絶望を引きずるかのように足取り重く歩き出した。

副社長室から出ていこうとする姿を黙って見つめていると、突然、携帯が鳴り響き、沈黙が破られた。樹君は携帯を取り出し、嫌そうな顔でそれに応じる。

「……はい……ちょっと待って白濱さん。なんで俺に直接かけてくるの？　兄貴と間違えてない？」

聞こえてきた名前にドキリとした。置き手紙のこともあり、私はぬいぐるみを誘拐されてしまったことを、まだ樹君に打ち明けていないのだ。

津口さんもハッと顔を上げ、動きを止めた。悔しそうに歯噛みをし、樹君を見ている。白濱副社長も今回の決定を下したひとりなのだから無理もない。しかし、津口さんは思いを断ち切るように視線を落とし、廊下へと出ていった。

一段落がついたことにホッとしたその時、樹君が電話の向こうにいる相手へと、苛立ちの声をあげた。

「千花がなに？　そりゃ俺の秘書だからそばにいるけど、なんで電話を代わらなきゃならないわけ？」

自分の名前が飛び出し、先ほどよりも強く心臓が脈打つ。

「なに言ってんの？　話したいとかそんな理由、俺が許可するわけないでしょ。あぁそうだ。昨日、偶然会ってお茶したとか聞いたけど、妙な偶然が続くようだったら、こっちにも考えがあるから」

思わず樹君に手が伸びた。できることなら、ぬいぐるみを返してとこの場で訴えたい。けれど、不機嫌そうに白濱副社長と会話を続けている樹君に昨日のことを打ち明ける勇気はなかった。

ふと視線を感じ、廊下へと顔を向ける。三度、鼓動が強く跳ねた。津口さんがまだそこに立っていたからだ。目と目が合い、喉元に重苦しさが広がっていく。怒りや恨みの混ざった眼差しに、ぞくりと背筋が寒くなった。

最後に私の中に嫌な余韻だけを残して、津口さんは足早に立ち去っていった。

唖然としたまま、ついさっきまで彼女が立っていた場所を見つめていたけれど、樹君の気だるげなため息で、私は我に返った。

「ねぇ、千花。なんであんな面倒くさい男に好かれてるの?」

「……たぶん、白濱副社長に好かれてるのは私じゃなくて、樹君の方だと思う。私を通して樹君とやり取りがしたいのかなって」

「なにそれ。気持ち悪いんだけど」

気持ち悪いと言われてしまったけれど、私はそんな風に感じてしまっている。仕事が絡まないと樹君の反応は素っ気ない。しかし、私を巻き込むと、予想以上の反応を示すことがある。それをおもしろがり、白濱副社長は行動を起こしているような気がするのだ。白濱副社長は樹君に腹が立つと言っていたけれど、そんな思いとは裏腹に、樹君は気になる存在なのかもしれない。

「樹君はモテるね。性別関係なく」

「……嬉しくない。そんな変な理由で千花にちょっかい出してるとしたら、かなり不快」

言葉通り、樹君は不快感を露わにした顔で、手の中の携帯を見つめている。その横顔がちょっぴりかわいくて、ついつい笑ってしまった。

「そういえば、聞きそびれてたけど、昨日白濱さんとどんな話したの？」

彼からの質問に、笑みが凍りつく。昨日、樹君と合流したあと、『変なことされなかったよね？』とは聞かれた。しかしそれからすぐお店に入ったため、白濱副社長のことはそれ以上話題にならなかったのだ。

「……津口さんから呼び出されて愚痴を聞かされたっていう話を白濱副社長が。それと、樹君がニューヨークではどんな感じだったのかを聞きました」

頭の片隅でちらついている二体のぬいぐるみの姿を、無理やり追い払う。動揺していることを、絶対に悟られちゃいけない。

「そんなこと聞いたの？」

「うん。自分の知らない樹君のことを知りたくて、つい。樹君はどこにいても樹君だって言ってたよ」

「まぁ、そうだろうね」

ひとつため息をついて、樹君が歩み寄ってきた。大きくて温かな手が私の頭に乗せられる。

「懐かれるのは避けられなくても、俺以外の男に簡単に懐いたりしないでよね。千花の隣にいることも、触れることも、俺だけの特権なんだから」

頭に乗っていた手が、頬へと移動した。ちょっぴり不機嫌そうに私を見つめていた彼の眼差しが徐々に柔らかくなっていく。

嫉妬してくれたことがくすぐったくて、独占欲を含んだ言葉ひとつひとつに嬉しさを覚えてしまう。ドキドキと鼓動が加速していく。

廊下に人の気配はない。今、誰もいない。

そう判断し、私は寄りかかるように樹君の胸元に手を添える。つま先立ちをし、そっと樹君にキスをした。

踵を床に戻す。びっくりしている樹君を見て、照れが一気に込み上げてきた。

「私だけの特権」

恥ずかしさを必死にこらえながら、それだけ呟いた。ふてくされたような声になってしまった。

樹君が目線を上昇させる。口元を手で隠し、珍しく顔を赤くさせている。

「ダメ。無理」

言いながら、自ら開けた扉をばたりと閉じ、私の腰へと手を回してくる。力強く引き寄せられた。

「もっと」

甘えを含んだ声が耳元を掠め、ぴくりと肩が跳ねた。至近距離にある樹君の瞳に引き込まれていく。樹君の中で揺れている艶めいた熱に身体が反応してしまい、私の中にも甘い熱が広がり出す。

「樹君」

「千花」

互いの名を呼んだ唇が、ゆっくりと重なり合う。啄むだけのキスに、徐々に愛しさと欲望が混ざり始め、必然的に激しさが増していく。無理だと分かっているのに、その先を心と身体が望んでしまう。

「わっ、私も。これ以上はダメ。お願い」

このままキスを続けたら、たぶん我慢できなくなってしまう。夜まで待てなくて、社のどこかで抱いてほしいと樹君にねだってしまいそうな気がした。

切なく訴えかけると、樹君は私を抱き寄せていた腕の力を抜いた。薄く笑みを浮かべながら、額に軽くキスを落としてくる。

「あのさ……同棲始める前に、言っておきたいことがあるんだけど」

「言っておきたいこと？」

「そう。大切なこと。近いうちに、ウサギとネコ、持ってきてくれる？」

ウサギとネコ。一瞬で頭から血の気が引いていく。

「千花？」

「わ、わ、分かった。持ってくる」

ははは と乾いた笑い声が出てしまう。

言っておきたいこととはなんなのか。ものすごく気になるけれど、それを知るには、ぬいぐるみたちを白濱副社長から速やかに奪い返さなくちゃいけない。

高難易度のミッションを突きつけられ、目の前がくらくらした。

「どうかしたの？」

怪しむように目を細め、樹君が私を見ている。冷静を装いたいのに、口角が引きつり出す。

「千花？」

少し強めに私を呼んだ彼の声に重なるように、コンコンとドアがノックされた。「樹、入るぞ」と社長が声をかけると同時に、樹君の手が完全に私を解放する。

かちゃりと音を立て、静かにドアが開かれる。恐る恐るといった様子で、社長が室内を覗き込んできた。

「さっき廊下で津口さんとすれ違ったけど……やっぱり樹のところにも来たんだな。納得してくれたか？」

「どうだか。でもまぁ、納得するしかないんじゃない？　どう言われようがこっちは譲らないし」

はっきりとした物言いに社長が「だよな」と言葉を返した。ホッとした表情も見せている。

私も樹君の追及から逃れられたことにホッとしたかったけれど、そう上手くはいかなかった。

「だから問題なし……そっちは、ね」

と、樹君が腑に落ちないような目で私を見る。〝こっちは問題あり〟と彼に思われていることは明白で、自然と顔をそむけてしまう。

「そうだ。星森さんを見かけなかったかな？　お使いを頼みたかったんだけど」

開けっ放しのドアを振り返りながら、社長が前髪をかき上げた。私はゆるりと首を振る。

「星森さんですか？　いえ。ここには来ていませんけど」

「和菓子を買ってきてもらおうかなって。これから会長の大切なお客様がお見えになるらしくて、急ぎなんだけど」

「だったら、人探しするよりも手の空いてる人に頼んだ方が早いんじゃない？」

樹君に指をさされ、私はすぐさま姿勢を正した。

「私、行けます！」

「頼んじゃってもいいの？」

「はい！　大丈夫です！」

「お言葉に甘えて。樹、三枝さん借りるよ」

「どうぞ」

薄く笑みを浮かべている樹君を横目で見ながら、私は社長に歩み寄る。

どの和菓子がいいかなど話をしていると、樹君がぽつりと呟いた。

「お使い。俺も一緒に行こうかな」

思わず動きが止まる。彼と一緒に行けば、さっきの態度について追及されるだろうことは簡単に予想がつく。聞こえなかったふりをして、この場をやり過ごそうとしたけれど、やっぱり彼は甘くなかった。

「俺も一緒に行くって言ってるでしょ」

社長と私の間に割り込む形で、樹君が視界に入ってきた。腕を組み、不機嫌な顔で私を見ている。

けれど、ここで怯んじゃいけない。平常心で乗り切らなくては。

「これくらい私ひとりで事足りますし、余計なお時間を使わせるわけにはいきません。副社長はここに残って仕事の続きをしてください。津口さんがお見えになったので、仕事の途中で手を止めてしまっていま……うっ！」

秘書の顔で樹君に物申していると、突然、顎を掴まれた。視線の先にある瞳がすっと細められた。

「へぇ、そうくるんだ。いったい俺にどんなやましいこと隠してるの？」

「か、隠しごとなんて、そんなのなにも……」

気まずさと嘘をつく罪悪感。目と目を合わせていられなくなり顔を逸らしたけれど、すぐに顎を引かれてしまった。彼と見つめ合うことを余儀なくされる。

「顔に出てるから。ごまかしても無駄」

そこまで言われてしまっても、打ち明けることはできなかった。

あのぬいぐるみには、樹君の思いがたくさん詰まっている。打ち明けて、自分の気持ちをないがしろにされたと樹君に不快に思われてしまったら、呆れられてしまったら、怒られてしまったら……嫌われてしまったら。

身を捩りながら、私は樹君の手を両手で掴んだ。

この手が私から離れていってしまったら。考えただけで、怖くなる。

きゅっと力を入れてから、彼の手を押し返した。無理やり笑みを浮かべる。

「と、とにかく！　時間がないので、急いで行ってきます！　失礼します！」

勢いよく頭を下げ、そのまま樹君に背を向ける。心の中で声高に謝りながら、逃げるように副社長室をあとにした。

上着を羽織り、手には財布、ポケットには携帯を忍ばせ、小走りに進んでいく。

受付の前を通り、エレベーターの前に出た瞬間、見えたふたつの人影にハッとする。

津口さんと星森さんだった。

人の気配に気付いたからか、話し声がやんだ。歩み寄ってきたのが私だと分かると、星森さんは泣きそうな顔になり、津口さんは鋭く睨みつけてくる。津口さんになにか言われるかなと身構えたけれど、意外にも、彼女はふんと鼻を鳴らしただけだった。そのまま到着したエレベーターに乗り込んでいく。

彼女がいなくなると、星森さんが思い詰めたように深いため息をついた。

「……大丈夫？」

話しかけると、星森さんは疲れを滲ませて笑った。

「迫力に気圧されちゃった。美人、怖い……三枝さんはどこか行くの？」

「お使いしてくるね」

「そうなんだ……気をつけて」

眉を下げながらの『気をつけて』に苦笑いしてしまう。津口さんに捕まり、本当に疲れてしまったようだ。星森さんはよたよたしながら戻っていった。

私は呼び出したエレベーターへと乗り込んだ。降下する中、ポケットから携帯と名刺を取り出し、そこに書かれている白濱副社長の携帯番号をじっと見つめる。

なにがなんでも、返してもらわなくちゃ。

その思いが強くなっていく。

一階に到着し、大きく一歩を踏み出した。通りに出たところで、足が止まる。視線を感じたのだ。津口さんがまだ近くにいるかもしれないと辺りを見回してみたけれど、見知った顔はなかった。

この場にいない人に怯えていても仕方がない。自分を叱咤し、再び歩き出す。

老舗和菓子店へと向かいながら、携帯に白濱副社長の番号を打ち込んでいく。聞こえてくるコール音をカウントしながら、大きく息を吸い込んだ。五コール目で《はいはーい。誰？》という能天気な声に切り替わる。

「お世話になっております。ＡｑｕａＮｅｘｔの三枝です」

《あっ、千花ちゃん！　やっとかけてきてくれた！　なかなかかけてきてくれないから、こっちからかけちゃった。あはは》

「あははじゃありません！　すぐにぬいぐるみを返してください！　それと、この件で樹君に電話をかけるのはやめてください！」

《藤城弟にはぬいぐるみのこと言ってないよね？　言ったならゴミ箱に――》

「言ってません！」

溜め込んでいた気持ちが爆発する。声に刺々しさが増せば増すほど、携帯を握りしめる力が強くなっていく。

《ちゃんとぬいぐるみは返すから、怒らない怒らない。今夜、暇？　千花ちゃんに予定がなければ、返せるよ。直接会って渡すね》

——会って。

もちろん会わなくては返してもらうこともできないのだけれど、その部分に引っかかりを覚えてしまった。樹君に黙って白濱副社長に会うことに気が引けてしまう。受け取ったら、すぐにその場を離れればいい。心の中で自分にそう言い聞かせながら、私は彼に返事をした。

「……分かりました」

《そうだ！　ご飯一緒に食べようか！》

「けっこうです！」

即座に断ると、なにがおもしろいのか白濱副社長がまたあははと笑った。

振り回されていることに気付かされ、私は再び黙った。

これ以上、相手のペースにのまれてはいけない。深呼吸をして冷静さを取り戻してから、私は静かに問いかけた。

「どこに行けばいいですか？」

電話の向こうで、白濱副社長がくすりと笑った。

「機嫌、直してもらえたようでよかったよかった」

最後のひと口をぱくりと頬張った時、テーブルの向こう側にいる白濱副社長がニコニコ顔で話しかけてきた。ばつの悪さを感じ、目が泳いでしまう。

電話で白濱副社長から告げられた待ち合わせの場所は、都内のイタリアンレストランだった。その場で待ち合わせ場所の変更を申し出たけれど、すぐに電話は切られてしまい、私は仕方なく、仕事を終えてからそのレストランへと向かったのだ。

すべてはぬいぐるみを返してもらうため。余計な話などせず、返してもらったら、すぐに帰ればいい。そう意気込んでいたのだが、『食事に付き合ってくれたら返すね』と微笑まれ、結局、白濱副社長の天真爛漫さに打ち勝つことができなかった。

「ご馳走様でした。食べ終わってすぐになんですけど、そろそろぬいぐるみを返してください」

機嫌を直したわけではないと主張するように、私は再び眉間に皺を寄せる。しかし、そんな私の態度を気にする様子もなく、白濱副社長がふふふと楽しそうに笑った。崩れない余裕さに、苛立ちが募っていく。

「デザート、なにかもう一個食べようかな」

「……まだ食べられますか？」

「うん。千花ちゃんも一緒に食べようよ。遠慮しなくていいんだよ」

「けっこうです！」

「そう？　じゃあ店を変えてお酒でも飲もうか」

「飲みません！」

冷めた声で言い返すと、白濱副社長は「つれないなぁ」といじけたような顔をする。

これ以上連れ回されるのはごめんだ。絶対にこの店で決着をつけたい。

白濱副社長が携帯を取り出した。誰かから着信があったようだ。

とっさに思い浮かべてしまったのは、樹君の顔である。私が店に到着した頃、彼から着信があった。出た方がいいか、それとも出ない方がいいか。迷っているうちに着信は途切れてしまい、それきり樹君から連絡はない。

白濱副社長と一緒にいることの後ろめたさが心に重く圧しかかってくる。

「そろそろ帰ろうか」

私ににこりと笑いかけてから、白濱副社長が店員を呼ぶ。テーブル会計を済ませたのち、軽やかな足取りで店を出ていく彼を、私は足早に追いかけた。

「白濱副社長……今日も、ご馳走様でした」

「いいのいいの。とっても楽しく食べられたし、それに千花ちゃんにはいいアイディアをもらってるから」

「アイディア、ですか？」

心当たりがまったくなく首を傾げると、白濱副社長がふふふと意味深に笑う。

「本当に、千花ちゃんは藤城弟に愛されてるね。あのぬいぐるみには愛がたくさん詰まってたよ」

通りに出れば、どちらからともなく足が止まる。顔を上げ、白濱副社長と向き合った。

「ねぇねぇ。どんなかわいい魔法を使ったの？」

笑みを浮かべつつも、問いかけてくる瞳は真剣だった。

「魔法なんて、そんなこと」

「あの冷めきった男を熱くさせられる女性は、この世で千花ちゃんだけじゃないかな。しかも、あれほど物事をずばずば言う男が、変に回りくどいことをしてるってのもおもしろいし、そのことに千花ちゃんがまったく気付いてないから、めちゃくちゃやきもきしてるだろうなと思うとさらにおもしろい」

口元に手を当て、白濱副社長がくふふと笑う。ひとり楽しそうな様子に、自然と首が傾いていく。

「なんの話ですか？」

「んー。なんの話だろうね」

　笑ってごまかされてしまった。

「いいなぁ。俺も唯一の恋愛したいなぁ」

〝唯一の恋愛〟

　その言葉が樹君と私のことを指しているのだと思えば、恥ずかしくなってくる。もちろん、私にとって樹君はかけがえのない唯一の男性である。自分が樹君にとってそういう存在になれているのか不安はあるけど、そうなりたいなとは心底思っている。

　白濱副社長が「あっ」と声をあげ、車道へと寄っていく。彼の視線は空車のタクシーを捉えていた。呼び止めるべく手を上げようとしたけれど、ひと足先に別の人たちに呼び止められてしまった。上がりかけた手を下ろし、残念そうな顔で私を振り返る。

「面倒くさいから、タクシー呼ぶか。今日は食事に付き合ってくれてありがとう。かわいい子と食べれて、料理も美味しかった」

「いいえ。駅も近いし電車で帰れますので」

「いやいやいや。千花ちゃんを連れ回しておいてこのまま帰らせたら、藤城弟に激しく怒られる。ご機嫌を損ねて、今後の仕事に影響しちゃうと困るし」

彼が携帯を手にした。帰る流れになったのはとても喜ばしいことなのだけれど、白濱副社長は肝心なことを忘れている。

「帰る前に、返してください！」

彼の腕を両手で掴んで引っ張り、強く申し出ると、きょとんとした顔をされた。

「ぬいぐるみです！　返してください。約束ですよ！」

続けて「そうだった」と声を発する。本気で忘れていたらしい。ビジネスバッグのサイドポケットの中に携帯をするりと滑り落としてからそのバッグを開ける。

「……ん？　……あれ……あ。やばい。置いてきた」

「えっ。お店にですか⁉　戻りましょう。すぐに！」

勢いよく身を翻し、さっきまで食事をしていた店へと戻ろうとすると、今度は私が強く腕を掴まれた。

「違う違う。会社。執務室……たぶん」

「……はい⁉」

意味を理解するまでの間、時間が止まった。くらりと目の前が揺れる。

「あれ？　執務室だったかな……自宅からは持ってきたはずだから……でも、どうだったかなぁ。車の中に置いてきちゃったかな」

白濱副社長は顎に手を当てて、記憶を辿っている。

ぬいぐるみがどこにあるかが分からない。行方不明だということだけで、私には大問題だというのに、彼の口振りはとても軽かった。

「たぶん執務室だな。机の上……そうだ！　これから一緒に取りに行こうよ。そうしたらその場で返すから」

聞いていると、だんだんと胸が苦しくなってくる。

「白濱副社長……それじゃあ、約束が違うじゃないですか」

涙が浮かんできてしまった。こぼれ落ちそうになるのを、歯を食いしばって必死にこらえた。目が合うと、徐々に白濱副社長が慌て出す。

「あっ、やばい……千花ちゃん、ちょっと待って。ごめんごめん。泣かないで」

白濱副社長の両手が私の肩を包み込む。近づいた彼との距離を拒絶するように、私は彼の胸元を両手で叩いた。今までの怒りも込めて。

「私にとってあのぬいぐるみは、本当に本当に大切なものなんです」

「そうだよね。分かってる」

「分かってないです！　本当に、本気で、大切なものなんです！　返してください！お願いです！」

「今すぐは無理だよ。持ってないもん……だから、今から取りに行く？　執務室まで一緒に」

白濱副社長が瞳で問いかけてくる。

返してもらいたい。けれど、これ以上行動を共にしたくないという気持ちが勝ってしまった。

「嫌です。これ以上、あなたにはついていきません。今日は帰ります」

膨れながら自分の気持ちを伝えると、困った顔をされた。

「分かったよ。でも誓って言うけどさ、わざと忘れてきたわけじゃないからね。うっかりしてた。本当にごめん」

本心なのかもしれないけれど、彼の言葉は軽く聞こえてしまう。信じ切ることができず疑いの眼差しを向けると、白濱副社長が「ごめんね」と繰り返し、私の頭を撫でてきた。

昼間、私を撫でてくれた樹君の温かな手を思い出し、自然と身体が動いた。

すぐにその手を押し返すと、白濱副社長の切なげなため息が聞こえてきた。

「次会ってもらう時は、土下座しなくちゃだね」

「そんなことしてほしいわけじゃないんです。ちゃんと返してくれたら、それでいいんです」

白濱副社長がハッと顔を上げ、機敏に私の前から離れていく。通りかかったタクシーを停めてくれた。

「今日はごめんね。近いうちに、絶対返すよ。約束する」

改めて向き合った。彼の真剣な瞳から自分の足元へと視線を落とし、私はこくりと頷き返した。

「お願いします……でももう、次はふたりでは会いませんから」

言い終えると、自分の中で覚悟が生まれた。

こうして会うことは、樹君に対して後ろめたさでいっぱいである。もうしたくない。だから次は樹君にも同席してもらいたい。そのためには、黙っていたことも含めて、これまでのことを彼に説明しなくてはいけない。

「土下座するんじゃなくて、させられる気がするけど……それも仕方ないかぁ」

「ご連絡お待ちしております」

にこりと笑ってから、私は白濱副社長に向かって頭を下げた。

守り続けたい思い

「めちゃくちゃ混んでたね」

今出てきたばかりの真新しいパン屋を、星森さんが振り返り見た。

お昼休みの時間であり、オープンしたてでもあり、そしてここ最近メディアで取り上げられていることもあり、店内は人でごった返している。

数秒前まで自分もあの中で人にもみくちゃにされていたと思えば、「そうだね」と同意する声に疲労感が滲んでしまう。それでも、購入したバケットのサンドイッチが樹君と話すきっかけになるのなら、あんな人込み大したことはない。

今日は朝から、樹君の機嫌が悪いのだ。話しかけても素っ気ないから、彼のご機嫌斜めの原因は、私だと思って間違いないと思う。

昨日、白濱副社長と別れたあと、一度樹君に電話を入れたのだけど、彼は出てくれなかった。朝になっても折り返しの電話がないまま、彼と会社で顔を合わせることになったのだけれど、素っ気ない態度に拍車がかかっていて、泣きたくなってしまった。

そんな中、藤城社長と星森さんがこのパン屋の話をしていて、バケットサンドが美味しいと聞いた樹君が『食べてみたいかも』とぽつりと呟いたのだ。私はその瞬間、買ってこなければという使命感に駆られてしまった。

これで少しは樹君のご機嫌を直すことができるのだろうか。私の話を聞く気にさせられるだろうか。

買ったばかりの紙袋へと視線を落とす。樹君の不機嫌な顔を思い出せば、小さなため息が出てしまった。

白濱副社長と食事をしたことや、ぬいぐるみのこと。それらを全部話したら、さらに彼の機嫌を損ねてしまうかもしれないけど、もう白濱副社長とふたりきりで会いたくないのだから仕方ない。樹君の苛立ちをちゃんと受け止めて、私の話を聞いてもらえるように頑張ろう。

抱えているパン屋の紙袋を両手で持ち直した時、「三枝さん」と呼ばれた。星森さんは少しだけ顔色を悪くさせて、私を見つめている。

「どうしたの？　さっきの人込みで気分悪くなっちゃった？　大丈夫？」

「……そうじゃなくて……三枝さん……あの……私」

星森さんの視線が下がっていく。苦しそうに揺れている。「どうしたの？」と再び問いかけても、彼女はなにも言わなかった。

携帯の着信音が鳴り響き、思わずドキリとさせられる。星森さんもそうだったみたいだ。彼女は肩を跳ねさせて、ミニトートから携帯を取り出す。着信を見て、やっと表情が戻ってきた。苦笑いする。

「社長です。〝無事に買えた？　お腹が空いた。早く食べたいなぁ〟だって。食べたくて食べたくて仕方がないみたいですね」

「早く社に戻ろっか」

つられて苦笑すると、星森さんは「そうだね」と笑う。どちらからともなく足早になっていく。

さっきの態度はなんだったのか。気にはなるけれど、蒸し返すのも気が引けた。

私は笑みを浮かべ、他愛ない話をしながら、小さなわだかまりを心の奥へ押し込んだ。

ノックをして副社長室に入ると、自分のデスクで資料を読んでいた樹君が顔を上げ、ちらりと私を見た。目が合ったから、話しかけようとしたけれど、声を発する前に視線は彼の手元へと戻っていってしまった。拒絶されたような気がして挫けそうになるけど、私は勇気を出して、樹君のもとへ歩いていく。

「……樹君。これ」

後ろ手に持っていた紙袋を差し出した途端、樹君が機敏に反応してくれた。椅子から立ち上がり、歩み寄ってくる。微笑みを浮かべて、それを受け取ってくれた。

態度が和らいだことにホッとしたのも束の間、樹君は紙袋の中を確認するとすぐに眉をひそめムッとする。

「なにこれ」

態度を急変され、身体が強張ってしまった。両肩に力が入ってしまう。

「……な、なにって……今朝話してたパン屋のバケットのサンドイッチだよ。樹君、食べたいって言ってたから、お昼ご飯にどうかなと思って、買ってきたの」

「あぁ、確かに言ったかも。ありがと」

どうやら自分の言葉を忘れていたようだ。忘れていたということは、実際はそれほど食べたいと思っていなかったのかもしれない。デスクに置かれてしまった紙袋を見て、がっくりと肩が落ちた。

「これじゃあ、足りないんだけど」

「えっ⁉　ご、ごめん。もう一度お店行ってくる。バケットのサンドイッチ、全種類買ってくるから！」

「全種類とか、いらない」

「じゃあ。好きそうなパンをいくつか」

焦って副社長室を出ていこうとすると、樹君が私の腕を引いた。そのまま後ろから抱きしめてくる。

「俺が言いたいのはそこじゃない……ねぇ、そろそろ気付いてよ。俺、昨日からずっと拗ねてるんだけど」

ふてくされ気味に、それでいて甘えているようにも聞こえる声で、囁きかけてくる。こんな時なのにドキドキしてしまう。

「……気付いてるよ。だって、朝からずっと冷たいもん」

「だったら、もうちょっと考えてよ。俺の機嫌が直りそうなものがなにかって……違うよね？　千花が持ってくるべきものは、これじゃない」

「……ぬいぐるみ？」

「当たり。持ってきた？」

私は樹君と向き合った。深く頭を下げる。

「ごめんなさい」

顔を上げるとすぐに、樹君の澄んだ瞳に捕らえられた。言いたいことがあるのは顔を見れば分かるけど、彼はなにも言ってこない。私の言葉を待っている。

「樹君に聞いてもらいたいことがあるの……その、ぬいぐるみのことなんだけど……実は」

気持ちを落ち着かせながら静かに話し出したその時、勢いよく副社長室のドアが開いた。

「ちょっと待ってください！」

制止しようとする星森さんを振り切って、細長い人影が室内に入ってくる。津口可菜美さんだった。彼女の鬼気迫る表情に、私は目を大きくし、言葉を失った。

「突然ごめんなさい。樹、私の話を聞いてほしいの」

彼女に完全に押し切られてしまった星森さんは、申し訳なさそうな顔をこちらに向けている。

ため息をついてから、樹君が私の腕をそっと引き、目の前へと移動した。

「こっちも今忙しいんだけど。あとにして」

「忙しいって……」

津口さんが鼻で笑った。室内には私と樹君しかいないのだから、大した話などしていないだろうと思われても仕方がない。

「お願い、樹。もう一度、チャンスをちょうだい」

「決定は覆さないって言ったはずだけど」

「考え直して。後輩に譲りたくないのよ。これからだっていうのに……この時のためにずっと頑張ってきたのに……どうしたら考え直してくれるの？」

「この決定は俺だけの意見で下されたわけじゃない。うちの社長の意見でもあるし、白濱さんの意見でもあるってことを忘れないでほしいんだけど」

樹君が眉根を寄せると、津口さんが歯がゆい気持ちを抑えきれないかのように、大きく一歩前に出た。

「それでも！　樹の言葉には力がある！　樹が考え直してくれたら、私に味方してくれたら、変えられる！」

「俺を買いかぶりすぎだから。もう諦めて、進むべき新たな道を模索した方がいいんじゃない？」

「……樹」

津口さんから表情が消えていく。瞳から涙が一粒流れ落ちていった。

俯いた彼女を見て私は動揺してしまったけれど、樹君は表情を崩さなかった。冷めた目で彼女を見つめ続けている。

「理解した？　だったらそろそろ出てってくれる？」

樹君が要求すると、星森さんが津口さんに歩み寄り、腕を後ろからそっと掴んだ。

しかし、津口さんはその場から動こうとしなかった。星森さんの手を大きく振り払い、顔を上げる。そして小さな笑い声をあげたあと、私を睨みつけてきた。狂気を感じ、ぞくりと背筋が寒くなる。

「だったら私だけじゃなくて、その秘書も出ていかせるべきなんじゃない？」

「……どういう意味ですか」

「私を外すよう、あんたが頼んだってことよ！」

飛び出してきた言葉に面食らってしまう。戸惑いながらも、なんとか言葉を返した。

「そんなこと、樹君に頼むわけないじゃないですか！」

首を横に振りながら否定した私を津口さんは鼻で笑い飛ばした。

「樹に、じゃないわよ。あんた、白濱さんと繋がってるわよね。こそこそ会ってるわよね。昨日も」

思わず目を見開いてしまった。確かに、私は白濱さんと会っている。しかもそれは津口さんが言う通り、昨日のことでもある。

なぜ津口さんがそれを知っているのか。唖然としていると、樹君がため息をついた。

「……昨日、ね」

不満に満ちた視線が突き刺さってきて、私はなにも言えなくなってしまう。津口さんの言葉を樹君がどう捉えたのかという怖さと、伝えようとしていたことを先に言われてしまった悔しさが、心の中で一気に膨らんでいく。

「あんた、白濱さんに上手く取り入ったんでしょ？　女の武器を使って」

「なにを言って……そんなこと絶対にしません！」

「言い逃れできるとでも思ってるの？　こっちには証拠もあるんだから」

肩から下げていたバッグから、津口さんがなにかを取り出した。それに気付いた星森さんが止めに入ろうとしたけれど、強い力で突き飛ばされてしまう。

津口さんは樹君のデスクの前まで進み出ると、バンッと音を立てながら机上になにかを並べ置いていく。それらは写真だった。白濱副社長と私が写っている。背後に映り込んでいる店にも見覚えがある。昨日、食事をした店だ。

白濱副社長の腕を引っ張っているところ、向き合い立っているところ、彼の胸を叩いているところ。そんなシーンがいくつも写し出されている。

昨晩のことを思い出せば、白濱副社長に怒りを感じた記憶が色濃くよみがえってくる。しかし、こうやって切り取ったものを見せられてしまうと、特別な気持ちを持って見つめ合っているようにも、胸を叩いているものはじゃれついているようにも見えてくる。

樹君が写真を手に取った。胸がきゅっと苦しくなる。

「ふうん。なんで電話に出ないのか、すぐに折り返してもこないのかって思ってたけど……なるほどね」

写真を見つめるその表情と発せられた声だけでは、彼が呆れているのか、怒っているのか、わからなかった。会わなければよかったという後悔と、会ってしまったことへの罪悪感が膨らんでいく。

「私のことを貶《おとし》めたいからって、白濱さんと浮気するなんて。樹がかわいそう」

「浮気なんてしてない！」

津口さんが冷やかに私を一瞥し、そのまま樹君へと顔を向けた。

「ねぇ樹、教えてあげましょうか。このあとふたりがどこに行ったかを」

高揚感をこらえきれないかのように、少しだけ口角が上がる。綺麗な顔がひどく歪んで見えた。

「やめてください！」

あのあと私は、ひとりでタクシーに乗り、自宅へと帰った。けれどきっと、彼女が続けるだろう言葉はそれではない。私がどこかで白濱副社長とひと晩を共にしたと嘘をつくつもりだ。

「樹ならもう気付いてたんじゃない？　この女がなにか隠してるって。ここそ自分以外の男と会ってるかもって」

「待ってください！　確かに、白濱副社長と一緒にいました。でもそれは……」

「樹に大事にされてるくせに裏切るような女、これ以上そばに置いておく必要なんてない。ねぇ樹、そう思うでしょ？」

自分の声が津口さんにかき消されていく。このまま声が届かない場所へと、どす黒いなにかに引き込まれていくような、そんな恐怖感に足が竦んだ。

樹君にはちゃんと伝えたい。違うって、そうじゃないって、しっかり伝えたい。

私の視線を感じたのか、黙ったまま写真を見つめていた樹君がゆっくりと顔を上げた。彼の表情はいつもと変わらなく見えた。多少、呆れているように見えなくもないけど、怒りを露わにされているわけではない。

それなのに、向き合った瞬間怖くなってしまった。鼓動が重く鳴り響き出す。

気持ちが伝わらなかったら。拒絶されてしまったら。嫌われてしまったら。樹君が私からまた離れていってしまったら……。

苦しい。涙で視界が滲んでいく。

樹君が息を吸い込んだ。一歩、また一歩、近付いてくる。

「千花」

写真を持ったままの手が、そっと私の肩に乗った。距離を縮めて、彼が顔を覗き込んでくる。

「落ち着いて」

発せられた声も瞳も、柔らかな温もりに満ちていた。唇を引き結びながら溢れそうになっている涙を乱暴に拭った私を見て、樹君が口角を上げる。苦笑いしている。

「千花は色仕掛けで男を手玉に取れるほど、器用じゃない。男慣れもしてない。しかも相手はあの白濱さん。どう考えても、手の平で転がされるのは千花の方」

樹君は私の肩に触れたまま、肩越しに津口さんへと顔を向ける。

「俺はそう思うけど?」

「樹が見えてないだけかもしれないじゃない。実際、その女がどんな人間なのか」

「見えてないね……それは津口の方じゃないの？　千花は誰かと違って堂々と嘘をつき続けられるタイプではないし、白濱さんも仕事に対してはけっこう誠実だし、シビアでもあるから人の意見に簡単に左右されたりしない」

彼の手の温もりが、私の肩から離れていく。指先で弾かれた写真が、絨毯の上にひらりと落ちていった。

「そもそも、この写真で俺を丸め込めるとでも本気で思ってたの？」

「……丸め込むもなにも、見たら分かるじゃない！　これが動かぬ事実なの！」

「だったら俺に見える事実は、昨晩、千花が怒り狂いながら白濱さんに抗議してたっていうことだけ」

彼の指先が、私の前髪に触れる。優しい指先から心地よさが広がっていく。

「俺、顔見れば分かるから。千花がどんな思いでそこにいたかが」

樹君が笑みを浮かべた。また涙が溢れ出しそうになる。

「さっき俺に言おうとしてたのは、その写真に関係することなんでしょ？」

小さく頷き返すと、樹君が私の手を掴み上げた。

「余計なことなんて考えなくていい。隠さず俺に話してよ。苦しんでるならなおさら」

きゅっと、樹君が手に力を込めた。〝手と手は繋がっているのだから〟という彼の思いが伝わってきた気がして、こらえていた涙が呆気なく流れ落ちていく。

「……なんでよ」

津口さんの声に、息をのんだ。苦しみに満ちた声音が、私の意識の中に重く沈み込もうとする。

「……なんでそんな顔をするのよ！　……どうして、その子なの？　どうして……ねぇ、どうして私じゃないの」

金切り声が涙声に変わっていく。その場に崩れ落ちた津口さんから、小さな嗚咽が聞こえ始めた。

その時、デスクに置かれていた電話が鳴った。樹君が手を伸ばし、それを受けた。ひと言ふた言言葉を発したあと、目を大きくさせる。

「いいよ。そのまま通して」

静かに受話器をもとの位置に戻し、楽しそうな顔をする。

「気持ち悪いくらいにタイミングがいいんだけど」

その言葉にまさかという思いが込み上げてくる。その場にいた全員が同じ予感を抱いたのだろう。みんなの視線が自然と副社長室の扉へと集まっていく。

コンコンコンと軽やかにノックされた。返事を待たずにゆっくりと扉が開けられていく。

「どうもどうもー。俺の熱い思いと約束の品を持ってまいりました。千花ちゃんいるー？　……って、あれ？　俺もしかしてタイミング悪い？」

ロイヤルムーンホテルのロゴが入った手提げ袋を両手に下げて、能天気さ全開の白濱副社長が姿を現した。しかし室内の様子に気付いた途端、頬を引きつらせる。

「あららら。これは……出直した方がいいかな？　あーでも、俺も早めに話聞いてもらいたいし、バトルが終わるまでどこかで待たせてもらっちゃおうかなぁ」

言いながら足が後退していく。関わりたくないという気持ちが見え見えである。

樹君は片手を腰に当て、笑みを浮かべる。

「そんなこと言わず、参戦してよ」

「えっ。まじで!?　……いやいやいや。部外者なので、遠くから見守るだけにしておくよ」

「残念だけど。白濱さん部外者じゃないから」

言いながら、彼が私の足元を指さした。白濱副社長も視線を移動させ、例の写真へとたどり着く。

「……なんだこれ」

不思議そうに歩み寄ってくる。写真を手に取るとすぐ、眉間に深い皺ができた。

「昨日の写真、だね……ええと。これはどういうことかな。説明が欲しいなぁ。できるだけ手短にお願いね」

白濱副社長は絨毯の上で呆然としている津口さんへと真っ先に顔を向けた。口調はいつも通りなのに目が笑っていないため、どことなく薄気味悪い。

津口さんもそう感じたのだろう。白濱副社長を見上げる瞳が困惑で揺らぎ始めた。

「浮気現場を捉えた写真。そういうことになってるけど？」

樹君が説明をすると、白濱副社長がははっと笑う。楽しそうには聞こえない笑い声は、苛立ちのため息で終わった。

「こういうことはやめてほしいなぁ。仕事に影響したら困るから」

軽蔑を露わにした冷やかな視線を浴びせられ、津口さんの肩が跳ねた。唇が震えている。

「千花ちゃんかわいいし、藤城弟が手放すなら俺が欲しいなぁとは思うけど……ＡｑｕａＮｅｘｔと仕事をしている今、軽い気持ちで手を出していい相手じゃないことくらい俺も分かってるからね」

徐々に、白濱副社長が表情を戻していく。最後にはにっこりと笑ったけれど、先ほど見せられた冷たさが強く印象に残っていて、笑顔さえ怖く見えてくる。

「千花ちゃん。昨日は本当にごめんね。ちゃんと持ってきたから、機嫌直してね」

「……あの。わざわざありがとうございます」

白濱副社長が歩み寄ってくる。差し出された片方の手提げ袋を両手で受け取り、私は頭を下げた。

中身を確認しようとすると、ほぼ同時に近づいてきた樹君も同じように紙袋の中を覗き込んできた。短く「あっ」と声をあげてから、樹君が白濱副社長をじろりと見る。

「これで千花をおびき出したんだ。やってくれる」

「だって、見た瞬間閃いちゃったんだもん！」

「は？　千花のこと振り回しておいて、なにその態度」

悪びれる様子のない白濱副社長に樹君が詰め寄っていく。

「待って待って待って。もちろん悪かったなって思ってるよ！　無断で持ち出すとかじゃなくて、もっと別の方法もあったかもって、心の底から反省してますよ」

「言い方が軽すぎて、ごまかしてるようにしか聞こえないんだけど」

「イライラしない！　藤城弟にもプレゼント持ってきたから、これで許して」

もう片方の手提げ袋を差し出され、樹君は嫌そうに身を引いた。

「なにそれ。変なもの入ってないよね」

「入ってない入ってない」

白濱副社長は否定するけど、樹君は疑うことをやめない。もちろん素直に手を差し出そうともしない。

そのやり取りに苦笑いしつつ、私は手提げ袋の中からぬいぐるみを取り出した。

黒ネコはあの時同様小太りなままだ。白ウサギと手と手が繋がっているところも変わりない。

やっと手元に戻ってきた。二体のぬいぐるみをぎゅっと抱きしめて、私はホッと息を吐いた。

「そのぬいぐるみにも負けないくらいに、俺の愛がたっぷり詰まってるから、受け取ってよ」

意味ありげな口調でそう言われ、樹君がむっと顔をしかめた。そして私をちらりと見てから、樹君は手を伸ばす。「俺の愛がたっぷりとか、気持ち悪いんだけど」とぼやきながら、やっと手提げ袋を受け取った。

袋の中へ視線を落として数秒後、樹君が表情を変える。口元に微かな笑みを浮かべ、心なしか瞳を輝かせながら中身を取り出す。出てきたのは、クリアファイルだった。

樹君はその中に挟み込まれていた紙に、一枚一枚目を通していく。

「……企画書?」

「そうだよ」

ちらりと見えた文字をそのまま呟くと、白濱副社長が私に頷きかけてきた。

「今回のイベント、うちがＡｑｕａＮｅｘｔに食われているような気がして、こっちももう少しなにか打ち出したかったんだけど、そのなにかが出てこなくて……。でも、千花ちゃんのおかげで閃いた」

私のおかげと言われても、心当たりなどまったくない。戸惑っていると、白濱副社長が黒ネコの鼻を指先でちょんと突いた。

「これをね、うちで式を挙げる方々への特典の原型にさせてもらえたらなって。ＡｑｕａＮｅｘｔのタキシードやドレスを着た新郎新婦には、同じものをぬいぐるみにも着せてプレゼントしたり。併せて夏の新作からも何着か使わせてもらって、選べるバリエーションを増やしてみたり。もしくは着せ替えができるようにしても」

手の中にある二体のぬいぐるみを見つめながら、頭の中でイメージを膨らませていく。結婚式に自分たちが身に着けたものを、この子たちが着る。幸せな思い出をかわいらしい形にして飾っておけるということだ。目にするたび、幸せな気持ちになれるかもしれない。

「乙女心くすぐられた？」

自然と笑みが浮かんでくる。首を縦に振ると、白濱副社長が小さくガッツポーズをした。

樹君は黙って企画書を見つめ続けている。白濱副社長は彼からも意見をもらいたそうな顔をしたけれど、大人しく待つごとに決めたらしい。手持ち無沙汰な様子で手にした写真を改めて見ている。

「……それにしても。写真撮られてること全然気付かなかったなぁ。可菜美が近くにいたら、ちょっとした騒ぎになりそうなのに……あぁそっか。誰か雇ったのか……藤城弟への恋心を完全にこじらせちゃって、こんなことまでして」

「あのっ」

白濱副社長の言葉を遮って、星森さんが一歩前へと出た。身体の脇で握りしめた拳が、微かに震えている。

「……その写真を撮ったの、私なんです。ごめんなさい」

その場で頭を下げてから、星森さんは私の方へと向きを変え、もう一度、「ごめんなさい」と深く頭を下げた。

突然の告白に驚きながらも、パン屋の帰りに見た星森さんの表情を思い出す。もしかしたらあの時彼女は、このことを言おうとしていたのかもしれない。

「津口と共謀してたってこと？」

企画書から顔を上げた樹君が呆れた様子で問いかける。表情を強張らせたまま、星森さんは小さく頷いた。

「副社長と三枝さんの仲を引き裂くために、手を貸してと言われました。もちろん最初は断りました。でも私も心の奥では、副社長のことを諦めきれていなくて、大切にされてる三枝さんのことをずっと羨ましく思っていたから……だんだん自分の気持ちが抑えられなくなってしまって。こんなことしちゃいけないって分かってるのに……ごめんなさい」

星森さんは樹君のため息にビクリと身体を竦めてから、もう一度頭を下げてきた。

私が樹君と付き合っていると知った時から、きっと星森さんは彼を忘れようと必死に努力してくれたのだと思う。それを思うと胸が苦しくなる。深く頭を下げているその姿も、いたたまれなくなってくる。

「……星森さん」

思わず呼びかけていた。それに反応し顔を上げてくれたけれど、かける言葉は浮かんでこなかった。

非難するつもりなどない。津口さんを止めようとしていた必死な姿を見ているし、なにより、パン屋の帰りに見た星森さんの表情は後悔という言葉で表現するのが一番近いように思えた。

言葉の代わりに苦笑いをすると、星森さんもほんの少し表情を和らげた。

「まったく、藤城弟はとんでもなく罪作りな男だなぁ。一緒にいると、俺霞んじゃう」

白濱副社長のぼやきに、樹君は意味が分からないといった顔をする。

「それ俺のせい？　発言も見た目も軽いのがいけないんじゃないの？」

「あっほら。俺の気持ちも考えずに、こんなことを言う。早く忘れちゃいなよ。いいことないよ？」

話しかけられ星森さんが困り顔をする。白濱副社長はそんな彼女を見てなにか閃いたらしく、ぽんと手を打った。

「あっそうだ。心の痛みは俺が癒してあげるから、俺の胸に飛び込んできちゃいなよ」

促すように両手を広げられ、星森さんは唖然としながら大きく一歩後退する。場の緊張感が白濱副社長のマイペースさで、少しずつ緩和されていく。

「言ったそばから。口説きたいならあとにして。星森さん、社長呼んできてくれる？」

樹君は手に持っていた企画書を少し持ち上げて見せてから、絨毯に崩れ落ちた格好のまま黙り込んでいる津口さんを流し見た。

「いろいろ話したいことがあるからって」

棘《とげ》を含んだ言い方に、無表情だった津口さんがゆっくり顔を上げる。怯えや怒りや悲しみがないまぜになった瞳で樹君を見ている。

「はい。分かりました」

対して、星森さんは少しだけ安堵した表情を浮かべると、しっかりと頭を下げてから、足早に副社長室を出ていった。

「可菜美もさぁ。藤城弟に執着しすぎだからね。この男、見た目と性格からは想像できないけど、実はロマンチストみたいだよ。だって好きな女にぬいぐるみをプレゼントしちゃうんだよ？　しかも中には――」

「ちょっと！」

「あはは。焦ってる焦ってる」

津口さんの視線が私の手元へと移動したことに気が付き、ぞくりと背筋が寒くなった。切なさを強く纏っていた瞳が、徐々に怒りの色を濃くさせていったからだ。

津口さんの狂気に満ちた表情に耐えられなくなり視線を外したその瞬間、なにかが私にぶつかってきた。衝撃に耐えきれず、その場に尻餅をつく。

「千花⁉」

樹君の声が響く中、痛みをこらえて顔を上げれば、よろめきながらも副社長室を出ていく津口さんの後ろ姿が見えた。

自分の身になにが起こったのか、すぐには理解できなかった。けれど、あることに気付けば、頭から血の気が引いていく。狼狽えながらも、すぐさま立ち上がった。

「待って！」

焦りと共に、私は津口さんを追いかけた。背後で樹君が私を呼んだけど、振り返る余裕などなかった。副社長室から飛び出し、高いヒールを履いているとは思えないスピードで遠ざかっていく彼女を、私は必死に追いかけていく。

「津口さん！　返して！」

声を振り絞り、叫んだ。

今、私の手の中に、二体のぬいぐるみはない。ぶつかってきた瞬間、津口さんに奪い取られてしまったのだ。

やっと手元に戻ってきたというのに、このまま持ち去られてしまったら……。もう取り戻すことはできないかもしれない。想像しただけで、目の前が暗くなる。

「返してよ！」

私の叫びでフロアが騒めき始めると、津口さんの速度が落ちていく。その後ろ姿に追いつき手を伸ばした瞬間、弾かれたように彼女が振り返った。乾いた音に続いて、手の甲に痛みが広がる。

私の手を叩き落とし、津口さんは手近にあるデスクへと歩み寄っていく。机上には仕事道具がいくつか置かれていた。津口さんはためらいもなく、そこにあったハサミを掴み取る。

「こんなもの」

恨みのこもった言葉を吐きながら、怒りに震えている彼女は、鬼のようだった。

「やめて！」

手にしたハサミの刃が鈍く光った。怖いと思いはしても、怯んでなどいられない。

「あんたも、樹の思いも、全部なくなってしまえばいい！」

止めないと、ぬいぐるみを切り刻まれてしまう。そんなことは絶対にさせたくない。

私は彼女の手を両手で掴んだ。握りしめられたハサミを奪い取ろうと試みる。

「千花！」

樹君の声に、津口さんの力が一瞬弱まった。

「そんなことさせない！　これは私と樹君の大事な絆でもあるんだから！」

揉み合えば、彼女の手からハサミが落ちていった。ハサミがなくなれば、あとはぬいぐるみだけである。

奪い返そうと必死になっていると、ビリッと布の裂ける音がした。ハッとし力を弱めたけれど、相手の力は弱まることはなく……次の瞬間、縫い目が裂ける音が大きく響き渡った。その勢いで私はまた尻餅をつく。

津口さんの手には黒ネコ。私の手には白ウサギ。手と手が離れてしまったことに愕然とする私のもとに、ふわふわと白い綿が降り落ちてくる。その中でなにかが光を反射し、私の膝の上へと落ちてきた。

「……えっ？」

それは指輪だった。しなやかなカーブを描いたアームのセンターで、粒の大きなダイヤモンドが存在感を放っている。両端にはピンクダイヤが散りばめられているため、かわいらしくもあった。

この指輪は綿と共に黒ネコの身体の中から落ちてきた。状況から考えてそういうことになる。

黒ネコの中に指輪を隠すことができたのは、ふたりだけ。けれど白濱副社長にそんなことをする理由がない。だとしたらやっぱり、考えられる人物は樹君しかいない。

ぬいぐるみを持ってきてほしいという言葉の裏側に、この指輪が隠れていたとしたら……。手の中に指輪を閉じ込めて胸元へと引き寄せれば、樹君への愛しさが込み上げてくる。

感動で胸を震わせていると、突然、黒い塊がぼとりと床に落ちてきた。無残な姿になってしまった黒ネコと目が合ったその時、目の前に立つ津口さんが身を屈めた。ほっそりとした指先が、足元に落ちているハサミを掴み取る。

視線を上げ、息をのむ。津口さんが濁った瞳で私を見ている。

逃げなきゃ。本能でそう感じ取った。

ハサミを持つ手が振り上げられた。私はとっさに身体を丸め、ぎゅっと目をつぶり、歯を食いしばる……がしかし、痛みに襲われることはなかった。

「いい加減にしなよ」

怒りに満ちた声がした。恐る恐る目を開ければ、津口さんの手首を樹君が掴んでいた。ハサミは徐々に私から引き離されていくけれど、彼女の瞳とその先端はずっと私に向けられている。

恐怖から抜け出せずにいると、私の隣で白濱副社長が足を止めた。身を屈めて顔を覗き込んでくる。

「千花ちゃん、大丈夫？」

なんとか頷き返すと、彼は顔を上げて眉根を寄せる。

「あーあ。終わったね」

続けて発せられた宣告の言葉が、津口さんを我に返したようだった。彼女は身体を震わせながら、短く息を吸い込んだ。

樹君がハサミを取り上げると、津口さんは口元を手で押さえ、首を横に振り、涙を流しながら、悲鳴のような叫び声をあげた。

仕事を終えてから、ずっと私は副社長室の応接用のソファに座っている。星森さんにソーイングセットを貸り、白ウサギの腕を懸命に縫い合わせていたのだ。

「……これでいいかな」

気をつけていたのに、腕が少し曲がってしまった。見栄えは落ちてしまったけれど、それでも、取れかかっている状態のままよりはいい。

ウサギを終えれば自然と目が向かうのは、テーブルの上にあるロイヤルムーンホテルの手提げ袋である。中には黒ネコが入っている。こちらは状態がひどすぎて手を出せずにいる。

室内に戻ってきた樹君がソファの背もたれに片手をついて、私の手元を覗き込んできた。

「ウサギ、直せた？」

「うん」

差し出したウサギを手に取り、ひと言。

「……三十点」

「点数に納得いきません」

膨れたままの私の手の中にぬいぐるみを落とすと、樹君は私の肩を軽く叩いてから、自分のデスクに戻っていく。その後ろ姿を目で追ったあと、私は絨毯へと視線を落とした。

ふたりきりではあるし、室内はいつもの空気に戻ってはいるものの、まだそこに津口さんの温度が残っているような気がした。気持ちはまだ重いままである。

「余計なこと考えてる？」

ぽんと頭の上に温かな手が乗せられ、私はハッとさせられる。いつの間にか後ろに樹君が立っていた。

「今日はいろいろと衝撃だったから」

「確かに。でも津口はけっこうしたたかだから、うちと仕事ができなくなってもすぐに次を見つけるだろうし。あの鬼みたいなキャラでいけば、別方面で活躍する日も来るかもね」

樹君は私の隣に腰かけて、手提げ袋の中から黒ネコを取り出した。脇腹から背中にかけて布が裂け、綿が飛び出しているため、しぼんでしまったように見える。

「早くもとに戻してあげたい」

自分たちの分身のような存在だからこそ、このままにはしておけない。そんな思いを込めて囁くと、樹君が笑みを浮かべた。

「もとに戻すの？　クマに？」

「クマじゃないっ！」

「ってか。こっちは千花の驚いた顔がいつ見れるかなって心待ちにしてたのに、全然気付かないし。しかも気付いたのが白濱さんとか。すごく不満なんだけど」

ドキリとする。自然と手がポケットへと伸びていく。

「あの……樹君、これ……」

ドキドキしながら、ハンカチを取り出した。広げて見せたそこには、ぬいぐるみの中から飛び出してきたあの指輪がある。キラキラと光り輝いている。

「普通怪しむよね。あそこまで綿が詰め込まれてたら。なのに、なんの疑いも持たずに、あの状態を受け入れちゃうし」

樹君は指輪を摘み上げると、私の左手をすくい上げた。

「……まぁ、そういう素直で純粋なところけっこう好き。初めて会った時からずっと」

鼓動が速くなっていく。その理由はくれた言葉や樹君のカッコよさだけではない。

彼が私の左手薬指に指輪をはめたのだ。

「うん。ぴったり」

満足そうに呟くと、綺麗な瞳に真剣さが宿った。時間がゆっくりと進み出す。

「千花と初めて会った頃の俺は、自分の周りにいる人間や置かれている環境が嫌で、つまらなくて、すべてに冷めてた。妙に馴れ馴れしくしてくる人とか、嫌なヤツって陰口をたたく人ばかりの中、バカ正直に裏表なく俺にぶつかってくる千花が新鮮で、いつの間にか、この子を悲しませたくないって、笑顔を曇らせたくないって思うようになってた……俺、そんな気持ちになったのは初めてだったんだ」

樹君がくれた言葉が、心に広がっていく。嬉しくて笑みがこぼれた。

「私ね、樹君の前では飾らない自分でいられたんだ。樹君が笑みを浮かべてくれる一瞬一瞬がたまらなく嬉しくて、そのたび、幸せな気持ちになれたんだよ」

「俺も。千花といると胸が温かくなって、いつも自然に笑ってた。毎年夏に千花と会うことが俺の心の支えだった。東京に戻ってからも、千花のことを思い出してはまた夏が待ち遠しくなって。苦しいくらい恋しくて」

夏の間しか会えなくて、夏が終われば寂しくなると分かっているのに、どんどん好きになってしまう。膨らんでいく樹君への思いを、止めることなどできなかった。

「最後の夏は、どうしても特別なものにしたかった。別れが苦しくなると分かっていても、千花の恋人として誰よりも近くにいたかった。だから俺を恋人にしてって頼んだ。望み通り、胸が痛くなるくらい特別な夏になった。千花との思い出が、その後の俺をずっと支えてくれてたんだ」

気持ちのこもった声と言葉に、心を掴まれる。繋がっている手が熱い。

「俺はニューヨークに行くことをどうしても千花に打ち明けられなかった。繋がりが途切れたら、自分のことを忘れてしまうんじゃないかって怖かったんだ……。千花の恋人のままでいたかった。別れるのは嫌だったけど、本当に大切な女性だからこそ、いつ日本に戻れるかも分からないのに、これからも俺の彼女でいてほしいだなんて言えるわけもなくて」

樹君が苦しそうに目を細めた。

あの時の私は樹君の彼女になれたことに浮かれきっていて、彼がそんな思いを抱えていたことすら気付くことができなかった。

心が痛みを発した時、樹君が優しく私の頬に触れた。

「でも信じてた。俺が一人前になって、千花を守れる男になった時、絶対再会できるって。……自信を持ってやっと言える」

胸が高鳴っていく。思いは溢れ出そうになるのに、言葉が上手く出てこない。

「俺と結婚してください。一生かけて千花を大事にする。だからずっと、俺のそばにいて」

そう言って、樹君が笑う。幼い頃の面影を感じさせる笑みに、また愛しさが募っていく。止まらない。

私は樹君へと大きく腕を伸ばした。

「樹君、大好き！」

その広い胸元へと身を寄せれば、優しい声で名前を呼ばれた。笑みを浮かべた口元へと、樹君が顔を寄せてくる。瞳を閉じれば、そっと唇が重なり合った。

遠い昔に抱いた思いは、今この瞬間へと繋がり、そしてまた新しい未来へと続いていく。

いつか思い描いた幸せな未来へと……。

特別書き下ろし番外編

いつまでも、このままで

静かな昼下がり、私は小高い丘の上にある洋風の大きな家を目指して、樹君と一緒に懐かしい小道を歩いていた。

「どうしよう。会うのが久しぶりすぎて緊張してきたよ」

見えてきたオレンジの三角屋根に、自然と鼓動が速くなっていく。胸に手を当てて深く息を吐くと、隣を歩く樹君が私を見てにやりと笑った。

「そう？　俺はどんな反応するか楽しみで仕方ないけど」

小悪魔的な魅力を持つ微笑みに、ほんの一瞬目を奪われてしまった。改めてカッコいいなと思ってしまえば、頬の熱が上昇していく。

気持ちが落ち着かなくなり、私は彼から顔を逸らした。

「どんな反応って、すごく驚くと思う。だって、樹君が連れてきたのが私だもん。びっくりだよ」

「ま、昴《すばる》じいさんは驚いて腰抜かすかもね」

ふふっと笑いながら、樹君が私の手に触れた。指と指が絡みあえば、どちらからともなく足が止まった。彼が繫がった手を持ち上げ、私の手の甲にキスをする。

「早く紹介したい。大切な女性だって。俺の奥さんになる人だって」

甘い声と唇の柔らかな熱に、呼吸が止まる。樹君と見つめ合ったまま動けずにいると、苦笑いされてしまった。

「固まってないで。ほら行くよ」

樹君が微笑んで、私の手を優しく引いた。止まっていた足が、自然に前へと進んでいく。

今、私たちが目指しているのは、牧田さんというお宅である。そこに六十代の夫婦が住んでいて、夫の昴さんの方がＡｑｕａＮｅｘｔのマキダ会長の弟にあたる方なのだ。つまり、樹君が昔夏休みを過ごした親戚の家というのがそこなのである。

牧田さんのお宅で飼っているゴールデンレトリバーがかわいくて、私は子供の頃よく遊びに行っていたのだけれど、樹君が来なくなってからは、彼を思い出すのがつらくてすっかり足が遠のいてしまっていた。

だから牧田さんの家にお邪魔するのは久しぶりである。そのことは間違っていないのだけれど……私が緊張している理由はまだ他にもあった。

昨日は夜遅くに友人の横川夫妻と会い、結婚したい相手として樹君を紹介した。そして彼と再会したあのホテルでひと晩を過ごしてから、今日朝の十時に私の実家を訪ねたのだ。副社長という肩書やカッコよさに圧倒されっぱなしだった私の両親に、樹君が『娘さんを僕にください』と頭を下げてくれた。『絶対幸せにします』と力強く言ってくれたことに感動で胸がいっぱいになってしまい……そのあとのことはよく覚えていない。

昨日の夜、せっかく近くに来たのだから私たちの思い出の場となっている牧田夫妻の家にも寄ろうという話になった。

樹君が牧田家に電話を入れた時に、『紹介したい女性がいる』と言ったのだが、その女性が私だということは伝えていない。私にとって樹君は申し分ない人である。友人たちにも両親にも、胸を張って紹介できるくらい完璧な男性だけれど、樹君にとって私はどうだろうかと、いざ自分が紹介される番になって考えてしまった。

牧田夫妻だって、ハイスペックな樹君から結婚相手を紹介したいと突然連絡が来て、騒然となったはずだ。どんな素敵な女性を連れてくるのか楽しみにしているだろうに、そこに私が現れたら肩透かしを食らった気分にさせてしまうかもしれない。

ぐっと手を引かれ視線を上げると、樹君がちょっと乱暴に私の頬を突っついてきた。

「もしかして、緊張っていうよりは怖気づいてる?」

声の調子や浮かべている笑みからして、からかわれていることがはっきり分かり、私はちょっぴりムキになって彼の手を払いのけた。意地を張って「そんなことない」と言い返してみたものの、私を見つめる彼の優しい眼差しに負け、わずかに肩を落とす。

「本当は少しだけ。樹君の相手が私だって知って、がっかりされるのが怖い」

素直に打ち明けると、彼は生い茂る木々の葉の向こうにある青空を見上げ、目を細めた。

「それと似たようなこと、俺もさっき考えてた」

「樹君も？」

「千花の両親に、お前には大切な娘を預けられそうもないって言われたら、どう食い下がろうかなって」

私のようにただ不安になるのではなく、反対されたらどう対抗しようかと考えるところが樹君らしくて、つい笑ってしまった。

「樹君を反対するわけないよ。見た目も中身も、それに身分だって文句のつけようがないくらいパーフェクトだもん」

「親が知りたいのは、見た目や身分よりも俺がどういう人間かってとこでしょ？

まぁ、感じが悪い男だと思われたくらいで、俺の千花への思いが変わることはないし、今日のところは、千花が好きで一緒にいたい、ふたりで幸せになりたいんだっていう思いが少しでも伝わってれば、それでいいかな」

周りにどう思われようと構わない、大事なのは互いを思う気持ちなのだからと励まされ、逃げ腰になっていた心が温かさで満ちていく。

「それに人柄なら千花の場合クリアしてるでしょ。昔から昴じいさんたち千花のこと気に入ってるんだから」

「そうかな。私、忘れられてるような気がするんだけど」

「忘れてないから、安心して」

牧田家の門前に立ち、そわそわしながら背伸びをした。覗き込んだ庭先の花壇には、紫やピンクのビオラがたくさん咲いている。

庭も花壇も、昔と変わらずしっかりと手入れされている。懐かしさが込み上げてきた時、庭の奥の方で「ワンッ」と犬の鳴き声が響いた。続けて、ふさふさした茶色の毛を揺らし、こちらに走り寄ってくる姿が見えた。

「ユメ！」

樹君とほぼ同時に、駆け寄ってきた犬の名前を口にすると、ユメが門の柵に手をかけて、「ワン！」と応えてくれた。

「樹、来たのか？」

同じく庭の奥の方から、クマのように身体の大きい男性が姿を現した。樹君を見てすぐ、小麦色にやけた顔に笑みを浮かべる。

「驚いたよ。昨日突然あんな電話をよこすんだもんな。もう少し俺たちに心の準備をする時間をくれたっていいだろう」

こちらへと歩み寄りながら、昴さんが樹君の隣に立っている私を遠慮がちに見た。数秒後、足を急停止させ、唖然とした顔をする。

「こんにちは。お久しぶりです」

「えっ。まさか。もしかして……千花ちゃんかい？」

「はい。子供の頃お世話になりました、三枝です」

深くお辞儀をしたけれど、顔を上げてもまだ昴さんは凍りついたままだった。思考が追いついていないかのように、私と樹君を忙しなく交互に見ている。

「そうだ。この声、千花ちゃんだ。本物だ。あー、さらにかわいくなっちゃって」

やっと現実を飲み込めたらしい。しみじみ言ってから、昴さんが私を見たまま一気に近づいてきた。

「ほらね。忘れてなかったでしょ？　涙まで浮かべてるし」

おもしろがっている樹君の前に立つと、昴さんは盛大に顔をしかめた。

「おい、樹！　俺はなにも聞いてないぞ！　なんで教えてくれなかったんだよ！」

「言わなかったっけ？　俺、秘書と付き合ってるって」

「それは聞いた。だが、秘書というのが千花ちゃんだとは言わなかったぞ。いったいいつ再会したんだ。日本に帰ってきてからか？　それとも、もっと前か⁉」

「それ、ここで全部説明しなきゃいけない？　面倒くさいんだけど」

熱く訴えかけた昴さんは、樹君に冷めた目を向けられ、ほんの数秒、膨れっ面をした。しかし、すぐにその顔におおらかさを取り戻し、門扉を開けて私たちを快く迎え入れてくれた。

「そんなことは、まぁいい。千花ちゃんとまた会えたことの方が重大だ。今日は本当に嬉しい日だよ」

楽しげに跳ね回るユメと共に庭を抜け、玄関へと進んでいくと、前触れもなく昴さんが声をあげた。

「ってことは、あれだ！　樹が連れてきた女性が千花ちゃんってことは、紹介したい女性ってのも、千花ちゃんで間違いないんだな」

その問いかけに、樹君はにやりと笑ってみせた。昴さんは真面目な顔で無精ひげの生えている自分の顎を撫で始める。

「これは大変だ」

「なんで？」

「めでたすぎて、用意しておいた酒じゃ足りない！」

慌てふためきながら、昴さんは玄関へと走り出す。慌てっぷりに動揺したのか、樹君も声を大きくして話しかけた。

「ちょっと待って！　俺たち、明日の朝いちで会議あるし、最終の電車で東京に帰る予定だから、酒はそんなに飲まないから」

しかし、昴さんの足は止まらなかった。肩越しに振り返り、さらに大きな声を返してくる。

「なに言ってんだ！　俺が飲むぶんだ！　どう考えても足りないだろ！」

「朝子《あさこ》！　大変だ！」と奥さんの名前を叫びながら、昴さんは玄関に飛び込んでいった。

「千花を連れていったら喜ぶだろうなとは思ってたけど、まさかあそこまでとはね。予想を超えてきた」

「私は覚えていてもらえてホッとしてる」

取り残された私たちは互いに感想を述べてから、顔を見合わせて笑い合った。

ほどなくして、家の中から朝子さんも出てきた。嬉しそうに手を振るその姿を見て、私は繋いでいた樹君の手に力を込めた。

私たちは笑みを浮かべたまま、はしゃぐユメと共に歩き出したのだった。


朝子さんお手製のチーズケーキを美味しくいただいたあと、樹君と一緒にユメと遊んでいると、昴さんがプリンターを持ってリビングに入ってきた。それをテーブルの上にどかりと置くと、楽しそうに笑いながら、コードとデジカメを手に取った。先ほど昴さんが今日の記念にと、私たちの写真を撮ってくれたのだ。

「樹、二階の部屋から、アルバム持ってきてくれ」

「アルバム？」

「お前たち兄弟の写真のアルバムが、お前が昔使ってた部屋の書棚にあるから。頼むぞ」

「そんなのあったんだ。全然気付かなかった」

プリンターに繋げたデジカメを操作しながら、昴さんが頬を緩ませた。

「樹と千花ちゃんで撮った写真と、それから俺たち四人で撮った写真、ふたりに一枚ずつあげるからな。思い出の写真として部屋のいい場所に飾ってくれ」

「二枚もいらない」

「いいから持ってけ。四人で撮ったのまで飾れとは言わないから」

「違うって。部屋に飾るなら、一枚ずつで十分だって話。俺たち一緒に暮らしてるから」

デジカメから顔を上げ、昴さんが目を大きくさせた。

「なっ。そうだったのか。もう一緒に暮らしてるのか。今度俺が東京に行く時には、ふたりの愛の巣に招待してくれよ。絶対遊びに行くから」

「気が向いたらね」

「樹っ！」

「冗談。その時はちゃんと招待するから、楽しみにしてて」

樹君は口元に笑みを浮かべながら、ユメの頭をもうひと撫でし、立ち上がる。

「二階行くけど、千花も行く？」

「うん！　樹君が使ってたっていう部屋、見てみたい！」

頷くと、樹君が手を差し伸べてくれた。もちろんその手に掴まって、私もユメのそばから立ち上がる。

ここには何度もお邪魔したことがあるけれど、階段を上がることは一度もなかった。私は樹君に続いて、階段を上りきったすぐ目の前にある部屋へと緊張しながら入っていく。

「この部屋、変わってない」

室内を見回しながら、樹君がぽつりと呟いた。六畳より少し広いだろう室内にはベッドに机、小さなテレビの隣には、背の高い書棚があった。

ベッドに横になっている樹君。机に向かって夏休みの宿題に勤しんでいる樹君。庭を駆け回るユメを窓から見下ろして、微笑んでいる樹君。

この部屋に立っているだけで、いろんな彼のイメージが頭の中に浮かんできてしまう。まるであの頃の彼の記憶を共有しているかのようで、ちょっぴりくすぐったい。

「この部屋で、樹君は夏休みを過ごしていたんだね」

「すごい快適だった。千花がいたから、けっこう毎日楽しかったし」

「私も樹君と過ごした夏は、毎日が楽しかったよ」

樹君が床に座り、書棚の一番下の段から、赤、青、緑、橙色のアルバムを順番に引っ張り出す。それを見て私も隣へ腰を下ろした。

「四冊もあるんだけど」

これでは、どれが藤城兄弟の写真を収めているアルバムか分からない。

樹君がとりあえずといった様子で手元に青いアルバムを引き寄せた。横から覗き込むと、彼の指がページをめくる。しかし、「うっ」と呻いただけで、樹君はすぐに閉じてしまった。

「どうしたの？」

「……俺が子供の頃の写真だったから、つい」

「樹君の!?　見たい！」

嫌そうな顔をしつつも私の前に青いアルバムを置いてくれた樹君に感謝の言葉を述べてから、私はぱらりと表紙をめくった。

「わぁ。かわいい！」

目に飛び込んできたのは、ハイハイしている赤ん坊の写真。三枚とも目が大きくてとっても愛らしい顔をしている。写真の横のスペースには【樹、八カ月】と書き込まれているので、この子が赤ん坊の時の樹君で間違いないだろう。

さらにページをめくれば、樹君がよちよち歩きをしているところや、お兄さんとボール遊びをしているもの、ソフトクリームを食べながら嬉しそうに笑っているところや、兄弟並んで気持ちよさそうに寝ている写真もあった。

自然と口元が綻んでしまう。以前、お兄さんである藤城社長が子供の頃の樹君はかわいらしかったと言っていたのを思い出したからだ。

「社長の言った通りだ。樹君、本当にかわいい」

この頃の樹君なら、『お兄ちゃん大好き』と兄のあとを追いかけ回していたとしても、まったく違和感がない。

「写真のデータが残ってたりしないかな。私も樹君の写真欲しい。リビングに飾りたい」

「俺の飾るなら、千花の写真もお願い。俺も幼い時の千花を見てみたいし」

「えっ……それはちょっと」

「ダメなの？　だったら俺も心の底から遠慮しとく」

あっさりと拒絶されてしまい、私は諦めきれないまま緑色のアルバムへと手を伸ばした。

「こっちは社長が小学生で、樹君が幼稚園生の頃の写真だね」

年齢が上がると、かわいらしさよりもカッコよさの方が目立ち始めてくる。そしてページは進み、小学生にもなれば、クールな今の樹君に一気に近づいていく。

不意に、ページをめくっていた手が止まった。一階のリビングでユメと遊んでいる樹君の写真から目が離せなくなる。

「カッコいい」

写真の横に【樹、十二歳】と書き加えられている。六年生の時の樹君だ。

自分が知っている樹君を見たら、自然と呟いていた。

「赤いのは兄貴の子供の頃のやつで、橙色のは俺が中学生の時の写真が何枚か入ってるだけだから……昴じいさんにはこれを持ってけばいいかな」

言いながら樹君が橙色の表紙をポンと叩いた。そっと手を伸ばし、橙色のアルバムもぱらりとめくってみる。確かに、樹君の中学生の頃の写真が数枚入っているだけだった。

「少ないね」

「俺、この頃写真撮られるの嫌だったから、カメラ持ってる時は避けてた」

「そうだったんだ……あぁ、ちょっと待って！」

樹君が必要のないアルバムを書棚に戻そうとしたのを見て、私は慌てて青いアルバムを掴み取った。

「もう一回だけ」

「見たいの？　物好き」

「いいじゃん！　本当にかわいいんだもん。こんなにかわいい樹君、ここでしか見られないから」

愛くるしい笑顔だ。今の彼からでは想像できないから、余計にそう思ってしまう。

「そのうち、縁があれば似たようなの見られるでしょ？」

「かわいい樹君に似てるもの？」

「そう、俺たちの子供。俺似だったら、こんな感じになるだろうし」

アルバムを持つ私の手に、樹君の手が重なった。彼との距離が、ゆっくりと短くなっていく。

「でも俺は千花似の子の方が断然かわいいと思う。千花は昔も今も変わらない。すごくかわいいから」

彼のもう片方の手が私の頬に触れる。まっすぐ私へと向けられている熱を帯びた眼差しに大きく鼓動が跳ね上がり、勝手に身体が熱くなっていく。

「けどやっぱり、私に似るより……っ！」

恥ずかしさをごまかすため、少し強い口調で言い返そうとしたけれど、最後まで言えなかった。樹君が私の額に口づけをした。

「いつか俺たちの人生で、かわいい子供に恵まれるっていう幸せが訪れるように、これからもたっぷり千花を愛してあげる」

とろけそうなくらい優しい声が、私を幸せにする。

笑みを浮かべながら彼へ顔を寄せ、そっと目を閉じれば、温かくて柔らかな彼の唇が私の唇と重なり合った。

END

あとがき

こんにちは、真崎奈南です。『イジワル副社長と秘密のロマンス』をお手に取っていただけたこと、とても嬉しく思います。ありがとうございます！

とにかく甘い話を書きたい。ひたすらキュンとする話を書きたい。読んで下さった読者様が、ヒーローのセリフで悶え転がってしまうような話を……と、そんなことを（わりと本気で）思いながら書き始めたお話だったりします。どこかでドキドキしていただくことはできたでしょうか？

恋愛小説の面白さのひとつは、相手の気持ちがわからなくて、不安になったり悩んだり、すれ違ったりするところだと思っているのですが、本作は、樹が最初から最後まで千花にべた惚れだったためか、作者が千花に問題や不安要素を押し付けても、樹によってさらりと跳ね除けられてしまいました。彼は千花と再会した瞬間、完璧なだけでなく、千花を守る最強キャラへと変化してしまった。そんな気がしています。

サイトでお話を完結させてから、ふっと思いついたシーンがありました。本編プロポーズ後のふたりのとあるワンシーンです。それを今回、番外編として書かせていただだきました。お話の続きをこのような形でお届けすることができ、本当に幸せです。機会を与えてくださった皆様に感謝します。どうか楽しんでいただけますように。

それから、サイトで本作を読んでくださった方は気が付いているかもしれませんが、書籍化にあたり大きく削除した部分があります。小学校、中学校、そして大人へと、樹目線の過去話です。その部分は加筆修正したのち、サイトにて再掲載する予定でおります。そちらもあわせて読んでもらえると、より深く、二人の過去や樹の気持ちが伝わるかなと思います。興味を持っていただけましたらぜひ、ベリーズカフェにお越しくださいませ。お待ちしております。

担当編集の倉持様。編集協力してくださいました妹尾様。細やかな指示をどうもありがとうございました！　ふたりを素敵に描いてくださった花岡美莉先生。ラフの時点からとっても素晴らしく、ニヤニヤが止まりませんでした。ありがとうございます！

この本に携わってくださいました皆様に感謝申し上げます。

そしてなにより、応援してくださった読者様、この本を手に取って下さったすべての皆様に、最大級の感謝を込めて。ありがとうございました！

真崎奈南《まさきなな》

真崎奈南先生への
ファンレターのあて先

〒104-0031
東京都中央区京橋1-3-1
八重洲口大栄ビル7F
スターツ出版株式会社　書籍編集部　気付

真崎奈南先生

本書へのご意見をお聞かせください

お買い上げいただき、ありがとうございます。
今後の編集の参考にさせていただきますので、
アンケートにお答えいただければ幸いです。

下記URLまたはQRコードから
アンケートページへお入りください。
http://www.berrys-cafe.jp/static/etc/bb

イジワル副社長と秘密のロマンス

2017年11月10日　初版第1刷発行

著　　者　真崎奈南
©Nana Masaki 2017
発 行 人　松島 滋
デザイン　hive & co.,ltd.
D　T　P　久保田祐子
校　　正　株式会社 文字工房燦光
編集協力　妹尾香雪
編　　集　倉持真理
発 行 所　スターツ出版株式会社
〒104-0031
東京都中央区京橋1-3-1　八重洲口大栄ビル7F
TEL　販売部　03-6202-0386（ご注文等に関するお問い合わせ）
URL　http://starts-pub.jp/
印 刷 所　大日本印刷株式会社

Printed in Japan

ISBN 978-4-8137-0346-4　C0193

『クール上司の甘すぎ捕獲宣言!』

葉崎《はざき》あかり・著

OLの香奈は社内一のイケメン部長、小野原からまさかの告白をされちゃって!? 完璧だけど冷徹そうな彼に戸惑い断るものの、強引に押し切られ"お試し交際"開始! いきなり甘く豹変した彼に、豪華客船で抱きしめられたりキスされたり…。もうドキドキが止まらない!

ISBN978-4-8137-0349-5／定価：本体640円+税

ベリーズ文庫
2017年11月発売

書店店頭にご希望の本がない場合は、
書店にてご注文いただけます。

『エリート外科医の一途な求愛』

水守恵蓮《みずもりえれん》・著

医療秘書をしている葉月は、ワケあって"イケメン"が大嫌い。なのに、イケメン心臓外科医・各務から「俺なら不安な思いはさせない。四六時中愛してやる」と甘く囁かれて、情熱的なアプローチがスタート! 彼の独占欲剥き出しの溺愛に翻弄されて…!?

ISBN978-4-8137-0350-1／定価：本体640円+税

『イジワル副社長と秘密のロマンス』

真崎奈南《まさきなな》・著

千花は、ずっと会えずにいた初恋の彼・樹と10年ぶりに再会する。容姿端麗の極上の男になっていた樹から「もう一度恋愛したい」と甘く迫られ、彼の素性をよく知らないまま恋人同士に。だけど千花が異動になった秘書室で、次期副社長として現れたのが樹で…!?

ISBN978-4-8137-0346-4／定価：本体630円+税

『朝から晩まで!?国王陛下の甘い束縛命令』

真彩《まあや》-mahya-・著

敵国の王エドガーとの政略結婚が決まった王女ミリィ。そこで母から下されたのは「エドガーを殺せ」という暗殺指令! いざ乗り込むも、人前では美麗で優雅なのに、ふたりきりになるとイジワルに甘く迫ってくる彼に翻弄されっぱなし。気づけば恋…しちゃいました!?

ISBN978-4-8137-0351-8／定価：本体650円+税

『副社長は束縛ダーリン』

藍里《あいさと》まめ・著

普通のOL・朱梨は、副社長の雪平と付き合っている。雪平は朱梨を溺愛するあまり、軟禁したり縛ったりしてくるけど、朱梨は幸せな日々を送っていた。しかしある日、ライバル会社の令嬢が強引に雪平を奪おうとしてきて…!? 溺愛を超えた、束縛極あまオフィスラブ!!

ISBN978-4-8137-0347-1／定価：本体640円+税

『騎士団長は若奥様限定!?溺愛至上主義』

小春《こはる》りん・著

王女・ビアンカの元に突如舞い込んできた、強国の王子・ルーカスとの政略結婚。彼は王子でありながら、王立騎士団長も務めており、慈悲の欠片もないと噂されるほどの冷徹な男だった。不安になるビアンカだが、始まったのはまさかの溺愛新婚ライフで…。

ISBN978-4-8137-0352-5／定価：本体640円+税

『スイート・ルーム・シェア－御曹司と溺甘同居－』

和泉《いずみ》あや・著

ストーカーに悩むCMプランナーの美織。避難先にと社長が紹介した高級マンションには、NY帰りのイケメン御曹司・玲司がいた。お見合いを断るため「交換条件だ。俺の恋人のふりをしろ」とクールに命令する一方、「お前を知りたい」と部屋で突然熱く迫ってきて…!?

ISBN978-4-8137-0348-8／定価：本体630円+税